林　潇

著

既见君子，云胡不喜

山西出版传媒集团
北岳文艺出版社
BEIYUE LITERATURE & ART PUBLISHING HOUSE

图书在版编目（CIP）数据

既见君子，云胡不喜 / 林潇著. — 太原：北岳文艺出版社，2017.4 （2021.1重印）
ISBN 978-7-5378-5052-0

Ⅰ.①既… Ⅱ.①林… Ⅲ.①中国文学 -当代文学 -作品综合集 Ⅳ.①I217.2

中国版本图书馆 CIP 数据核字（2017）第 001816 号

书名：既见君子，云胡不喜
著者：林　潇
策　　划：商爱欣
书籍设计：琦　琦
责任编辑：李向丽
印装监制：巩　璠

出版发行：山西出版传媒集团・北岳文艺出版社
地址：山西省太原市并州南路 57 号　邮编：030012
电话：0351 - 5628696（发行部）　0351 - 5628688（总编室）
0351 - 5628695（编辑室）　传真：0351 - 5628680
网址：http://www.bywy.com　E - mail：bywycbs@163.com
经销商：新华书店
印刷装订：三河市天润建兴印务有限公司

开本：660 毫米 × 960 毫米　1/16
字数：170 千字　印张：16
版次：2017 年 4 月第 1 版
印次：2021 年 1 月河北第 2 次印刷
书号：ISBN 978-7-5378-5052-0
定价：39.80 元

目录

第一篇　非关癖爱轻模样——爱上自己

第二篇 一生一代一双人——爱上生活

第三篇　既见君子，云胡不喜——爱上爱情

第一篇

非关癖爱轻模样

——爱上自己

最起码，你也要自己爱自己

采桑子

非关癖爱轻模样，冷处偏佳。别有根芽，不是人间富贵花。

谢娘别后谁能惜，漂泊天涯。寒月悲笳，万里西风瀚海沙。

一直很喜欢纳兰容若的这首词。

古诗有云，近乡情更怯。

因为喜欢，所以并不想深究这首词里咏的是什么花，这着实是一种很异样的感觉，但又如此真实地存在，并控制着我的情感。

虽然到现在都未深究过这首词的前因后果，只是约莫有个朦胧的意向。但我知道，让纳兰容若念念不忘的这花肯定不是如牡丹那般富丽，而是似月桂般淡雅，如青梅般哀伤。

我也并不知道容若缅怀的是个什么样的人，但我想，那一定不是一朵人间富贵花，而是一株天上谪仙草。

那个姑娘，她一定覆着轻薄的白纱，一定有着月光般淡淡的容颜，萦绕着让人一见便永生难忘的忧伤。

附上这首词，其实并不是想分析它，只是情之所动不能控，这首词，多像铜镜后不见朱颜，只窥得窈窕身姿的女子啊。

“窈窕淑女”，如傲世独立之青梅，纵雪岭山深，纵采撷之人不知何处，亦顾影自怜，亦风采卓绝。

女子，应是那个不放弃的人；女子，应是那个对美有着执着追求的人；女子，应是那个但凡心动总要拼尽全力，哪怕遍体鳞伤亦要为君红袖添香的那群人。

就像宝哥哥执着地爱着的林妹妹那样，她从未属于过这世间的任何人，她从天上来，见花落泪，遇水生歌。

她，是凡间最纯净的那朵白莲。

总觉得佳人似水，是纯净洁彻到不该在现实中的存在。

她们像美丽的精灵，像虚幻的传奇，本应飘摇就天外，手执拂尘，看淡世事变迁。奈何，却贬下凡尘，定居尘世，细数着点滴的平凡。

然后，在尘埃中沐浴阳光，在情爱的浇灌中茁壮成长，最后，在情人的眼中开出倾世的花朵。

花蕊慢慢绽放的那一刻，即便天空的乌霾再重，即便地上的泥土再狼藉，周遭的一切也变得如仙境一般奇妙无比。

见到美人初放，就如玉液琼浆饮入肺腑的那一刻所见的蓬莱梦境，迷迷糊糊，不甚现实。

诗歌的里程碑其实是靠女性铸造的。

你看李清照笔下飞絮飞花般的忧思，你看诗经里明月如水凉的景致，你再看《红楼梦》里雨打残荷的愁绪……

这一抹抹若有似无的思绪化作那夜空下的繁星点点，永远遗留在了历史尘埃深处，她们忧伤着，爱恋着，飘扬着，时不时地如一片冰凌飘落在世人的心上。

那一刻，你不知为何有一股异样的情绪自不知名的时空传来，敲中了你的心扉，然后慢慢扩大，包裹你的全身，慢慢同你融为一体，她消融的时候，你无知无觉，一阵风吹过你的耳畔，徒留了一丝似有若无的清凉。

然后，时光轻擦而过，惊堂木下，一个故事郑重地落笔，另一个故事人物又略施粉黛，舞台复又开幕。

岁月无声，不管故事如何发展，不管结局如何写就，我只希望作为女孩子的你，能望断前路愁不复，希望你能够爱自己多一点。

《氓》中的女子说，于嗟女兮，无与士耽；士之耽兮，犹可说也；女之耽兮，不可说也。

曾经与人笑言到这段，那人说，那是古代。

当时的我，亦称是。

后来想想，实属不然。

你以为，古代的制度造成了女子的悲剧，三妻四妾的体制让男子见异思迁，女子痴心被负。而我却觉得，是女子的柔弱，是女子的善良，是女子的轻信，是女子感性的思维酿成了这一幕幕悲剧。

自古以来便是痴情女儿负心郎，现代社会的女孩子虽然经济独立了，可那份感性的心却仍是无多大改变。

她遇事彷徨，她容易委屈，她时刻悲伤，从来，女孩都是感性的。

她心软，她善良，她小心眼，她怕受伤。

自爱轻模样，即使不是人间富贵花，即使开在清寒人家，作为女孩子的你，也要自己爱自己。

我的生活中有一个女孩子，她放弃了自己的生活，随着男友远去他乡，然而最终，在那么陌生的地方，男友还是离开了她。

这样的故事耳熟能详，以致你都不能生出一点点的同情与感伤。

我拨通她电话的时候，那头寂寥一片，良久，有声音缓缓传来。

她对我说，我一直都知道寂寞的滋味，我以为那是细雨打在秋的落叶上，点点晕染，可是我从来不知道，寂寞也可以是冰雹凌虐后满目狼藉的残红零落。

我没说什么，沉默良久之后，电话那头的她对我轻轻地说了一声，我本该更爱自己。

很多女孩子其实懂得这个道理，但发生到自己身上，却又全都忘了。你也许并不是觉得爱情至上才会跟着那个人，你也许只是想要一个人温暖你，所以才追着他追着爱情。

可追着追着，你就丢了自己。

你不知道的是，真正能温暖你的人是把你抱在怀里，并不需要你追着跑，如果只是强求，那么即便在同一屋檐下，也能冷若冰霜。

不喜欢相敬如宾这个词，爱情不是敬可以滋生的。

更不喜欢“弃妇”这个词，仿佛女人就该被抛弃。

若是我们生活在古代，定要尽我们所能，找一个品德高尚的人早早嫁了，不相信它什么白衣少年翩翩公子，就嫁个相貌平平人品尚可的人。

如果有天，君心有二，也不要做他想，安然当好相敬如宾的夫妻，他爱他的二八佳人，我做我的贤良妻子。

爱情，在有的时候相信，在无的时候清醒。

你要做一朵清雅的白莲，不顾烈日冬风，只管傲然在天地间，你若有朝一日盛开，清风它自会来。

我们，只有自己可以一直爱自己。

一直觉得，于现世中，遇到一个好人，爱情会变成亲情；遇到一个道德水准低劣的人，爱情会变成无情。

既然注定了这样的结局，为何不去享受那过程，为何还要去为失去的哀伤，且随它去吧。

有句话，叫往事随风。往事随风，不必强求。

而你唯一可以有所要求的，就是爱自己多一点。

自然标格

我的左心房一直住着一个少女，所以，即便我的外表并不是一个淡淡的女子，向来肝火太旺，但我依旧有一颗细腻的心。因为，我左心房的女孩子啊，她脆弱敏感，她多愁忧伤，她多希望被这个世界温柔以待。

女孩子的邻居是一个老婆婆，老婆婆住在右心房，老婆婆历经沧桑，饱经风霜，她像是生活了很久一样，知道所有的始末，了解万物的必然。她冷静睿智，不惧风雨，同时，那轻灵的心也被岁月拧干了水分，再也不信任何不切实际。

少女是一泓清泉，纤尘不染，一眼见底；老婆婆是一口古井，幽深神秘，故事尽藏。

这样的两个人结合，便成了我，便成了你，便成了万万千千的少女。

我们读过很多悲伤的故事，像老婆婆一样有洞悉世俗的本领，凡事都报以经验之谈，小心翼翼地走出每一步，生怕被辜负。但我们却涉世未深，没有人陪我们多看过一次云，没有机会多与不同的伙伴喝过一次酒，生命中的大部分都还是空白，这份空白强烈地渴望着冒险，渴望着去寻找爱情。

所谓的“女人心海底针”大概也不过如此，那只是女孩子的单纯与复杂随意地切换，这种切换其实也是一种少女心。

少女心如我，一直一直就觉得，真正的爱情，是独此一份的唯一。真正的爱情，是不管哪一世、哪个瞬间、哪种情况下遇见了彼此都会一见倾心的笃定。

不是将就，不是缘分，不是那一刻那一秒你正好在我需要的时候出现，而是就是你，无关环境，无关与你无关的任何一切。

我于茫茫大千世界中，寻找独属于自己的那份唯一。

我爬过山涉过水，一个人看过缱绻的白云，一个人路过大片的花草园林，然而，直到遇到你，我才会停下追寻的脚步，遇见你以后，我再也不想一个人去看世界。

就仿佛，这世间有无数的事物，但仅仅只有你，才是我永生的唯一。就像神话故事里讲的那样，我是你的一根肋骨，所以，在藏在你身体里之前，我都是孤独的。

即便这短短一生几十年，我永远也找不到你，我只能在另一个人身边强颜欢笑，假装贤妻良母，但你依旧在这个世界上。真正的爱情，不会因为遇不到而消失，不会因为错过而不存在，真正的爱情一直流在我的血液里。我的血液里，滚动的是对你的依恋跟想念。

这才是我要的爱情，而非任何世俗添加的定义，更不是那种荷尔蒙泛滥而造成的错觉，那充其量，只是野蛮的异性相吸。

我右心房的老太太让我相信，我的执着只是徒劳，而我左心房的少女却一直双手合十，跪在我胸前祈祷。

我生命中出现过的人啊，你的膝盖可是我安家之所?

少女说，你疑惑，就不是。可老婆婆说，能给你温暖，那就是。

所以，我生命中的那些你啊，我多么不愿将就，不想对你说爱，也不想听你说爱。因为，我不想你委屈地听我的满嘴谎言，也不情愿接受无结果的承诺。

不到我坚定的那一天，我便不能霸占你的一切，因为，总有一个她，在等你。

所以，我生命中的那些你啊，我的少女如此孤寂，在那个人出现以前，你就陪她谈一场清楚明白的恋爱吧。按照写好的剧本，按照万千人演过的情节，我们穿上戏服，站在舞台中央，情窦初开心动一场，戏到高潮，情到浓时，请让我自己欺骗自己，你，就是我的他。

心动一场，那一刻，也许我能甘愿与你生生世世，甘愿为你寂寞五百年只为开一树与你擦身而过的花，轻轻地落在你的肩头。

落寞时，请对我落下的泪视而不见，因为我始终要擦干泪，继续走上寻找的旅程。

如果你怜悯我，擦干我的泪，拥我入怀，如果我相信了你，我的少女说服了老婆婆接受了你，而你却恰好不是对的人，许我一时之后，不能许我一世，抽身而走，那我得是多么心伤。

我害怕，把习惯当爱情。

我害怕，因爱情而忧伤。

所以，我生命中的那些你啊，如果你真的曾经对我心动，那么，还请你远离。

想做个这样的女子，别样清幽，自然标格。

就算在那孤寂夜晚，独自瞧着冷烟和月，也能含笑品味那份孤影横窗的别样。

我不想，琼花近东墙，兼附凄凉。

我想，西天冷月下，扶窗含笑，静候风，吹动他的衣裳。

灵魂深处

忆起初见你的那个晚上，默默春心，寂寂高墙，任他残花绕过梁。如今念起，却是才明晓，那时，思念的种子便已深埋。

月光下不小心零落的花种，夜风中微微抽起的新芽，于暗夜下慢慢滋长，终于让晨露滴在了花上。

雨打光照，风吹日遥，蓦然回首人不在，空留记忆里的你，在满树的孤寂中浅笑。

我像一棵独立深山中的桃树，终究还是不能，淡淡地，独自到老。

你说，爱着的意义到底是什么呢？

我们明知爱情是海市蜃楼，是南柯一梦，是浑身疼痛时的麻药，纵然麻醉时被开膛破肚亦没有一丝一毫的感觉，但麻药过后，失去你的痛苦才慢慢侵入骨髓，慢慢痛彻心扉。

即便如此，我们仍旧要执着地醉生梦死地相爱一场。这场爱恋里，角色任选，背景任选，我们好像只是因为太孤单，而想找个人体验爱的感觉。

一开始的不相信，深陷其中对于醉生梦死的痴迷，到相离别时的割骨之痛，再到及时抽身而出，投入到另一段感情……这一切就像个循环，也像个诅咒，我们每个人都是被诅咒选中的人，按照恋爱的定律一遍遍地重演这些故事。

你说这不是爱，爱怎可跟不同的对象过同一种的生活，爱是非你不可的不将就啊！但这又确实是爱，每次深陷其中的你，那一刻真的觉得这一生是非他不可的，这些感觉从未骗过你。

罗密欧与朱丽叶如果不是如此年少，如果多一些经历，也许就不会轻易互许，就不会随意放弃自己的生命；梁山伯与祝英台如果不是生在古代，选择如此之少，如果他们生活在现代，身边全是备胎与诱惑，那么，他们还能如此奋不顾身吗？

他们还能谱出流芳百世的《梁祝》与《罗密欧与朱丽叶》吗？

历史既然已定，后人也不便多加指手画脚，但凡是总有很多种可能性，每一片树叶在是绿芽的时候都有往一个方向长的可能，每一个故事，在不同的人身上发生也会有不同的结局。

梁祝与罗朱之所以是流传千古的爱情而不是短暂的激情，归根结底，就是谱写出这恋曲的主角，命殒在爱情最炽热的时候，如若意外，如若还存在，那么，也不过是一段普通的失恋而已吧。

失恋过后，疗伤过后，投身新的生活，彼时，又是与另一个主角的另一段故事了。

其实，所有哀伤、相思、断肠的对象，归根结底是自己。

即便没有男主角同你演一场爱情水木剧，幻想一个他，与你相恋分别，你也同样会在十字路口怅然若失他的失落于人海。

一直不敢确定，如果身边的他在另一个场合另一种情况下认识我，还会跟我发展成现在的亲密关系吗？也不敢确定，如果是他和另一个她在我们这样的情况下相识了，也会发展成如此的模样吗？

因为我胆怯，因为我害怕，他不是我要找的人。我舍不得这相遇，我舍不得他给我的温暖。我不知道自己是重感情，还是因为因为爱他而患得患失。

后来，我不那么爱他了，我终于可以勇敢地告诉自己，如果那个人不是那么容颜鄙陋、气质猥琐的话，那一定是会的。

在这世上，我们都在为满足自己而活，谁都不是谁的唯一，谁都不会为谁做灵魂上的改变。

如果你说你为我改变了很多习惯，那我会觉得，你只是懒得放弃我这个伴侣，再去冒着风险找个新的，你为了让生活更顺心，而适当地学了与我相处的技巧而已。

那只是更好地将就，那不叫灵魂的改变。

一直喜欢这样的执着、这样的爱情：愿在佛前求五百年，然后小心翼翼地开满一树的鲜花，安静地等你走过，只为给你的旅程，添加一丝色彩。

那个字太神圣，我说不出口，但我愿用前世千万次的回眸，换你一瞬的眷顾。

可能你会说，我喜欢的爱情，只是时间长而已，并无太大的出彩之处。

我同意。

我喜欢历时长久的爱恋，哪怕是一个人的暗恋。烟花绚烂的瞬间是如此的美丽，你对我的爱是如此的炽热，可是，只一瞬间，烟花燃尽，你，爱上了别人，徒留一地灰土的凄凉。落寞如土的我，在黑夜中注视你越走越远的背影，最后才明白，你不是真的爱我。你只是喜欢我的某个特点，待发现了别人的这一特点更明显时，你便挥手离去。你只是喜欢那一瞬间我喜欢你的感觉，待发现感情淡时，或者在旁人身上也能找到这种感觉时，你便挥手离去。

你看见你离去时我淡漠的表情了吧。

但你一定没有看到我流泪的心。

因为，你根本看不到我的心。

如果你是那个他，那我在你心里，你如何感觉不到我流出的泪，如何体会不到我的害怕忧伤，如何能不知晓我口是心非的背后。

我喜欢等别人来爱，就像铁凝在岁月的静默中，终于等到君生向她走来。我喜欢不管浓淡却历时长久的爱情，就像月缺一定会圆，因为，我是女孩子。

而女孩子，缺少安全感。

而安全感，需要时间证明。

如果我在你的灵魂深处，那么早在盘古开天时我们就相依相伴，那么我们早已融合为一体，那么，纵然我们表象上有很多不一样，但你还是能清楚地知道我需要的是什么，对吗？

那么，你一定不会让我没有安全感的。

做好自己之男孩篇

以前，顶天立地的大男人是褒义词，绝无贬低的意思，但在经年累月的发展中，大男子这种形容好似又衍生出了很多的意思，比如自私，比如愚昧，比如自以为是。

现在的我最是不喜欢大男子主义这种形容，总觉得那其实是一切以自己为中心的代名词，就连为别人考虑也是站在自己的角度出发，充满了不近人情的味道。

前两天遇到一个以前的男同学，谈起如果可以留在国外他会不会留下来的事。他说不会，我说会。

我以为，如果国外有更好的机遇，为何不留在国外？借用外国先进的工具与合理的上升渠道努力攀爬，待功成名就，再为自己的国家捐献钱财，出物出力不是更好？祖国从来不在乎多一个人有他的国籍，但是多一份实质的帮助却是实打实的好处。如是可以功名两得又为国为民有何不可？他并没有理会我的说辞，而是简单粗暴地驳斥说，我们的世界观不一样，我应该多去看一些论坛，多关注一些国际大事。

我哑然，原本一肚子叙旧的话立马就没了，再也生不起丝毫交流的欲望。

他的言下之意其实是，我孤陋寡闻，他跟我讨论就是对牛弹琴白费口舌，我们不用再就这事谈下去。

孰对孰错其实并不是我心灰意冷的源头，而是他轻蔑的态度让我失望。

这件事折射出来的也并不是世界观的差别，而是一种男性价值观的强势入侵。

他站在国家的角度，站在社稷的角度，蔑视我的价值观，还不愿留下借口让我指责他，遂借用论坛的百家之言来镇压我的言辞。好像拿出多数人的观点就能证明自己是对的，就可以兵不血刃地秒杀我于无形一样。

换句话说，他不仅想打压我的价值观，还站在道德制高点用大部分的观点打压我的价值观，自己置身事外地将我处在舆论的下端。

就像我们女孩子总是喜欢玩的小把戏，念书的时候，我们对一个人有意见又不想直接说出来，怕落人口舌，又怕坏了形象，遂我们总是偷偷地对我们有意见的目标说，哎呀，某某，有人说你这儿不好那儿不好，可我觉得你好好啊，说你不好的都是坏人。

我们可以保留圣母的姿态，又不用怕被人说长舌妇，对啊，毕竟不是我说的啊，然后不费吹灰之力地看着被我们打击得失魂落魄怀疑人生的目标，就觉得暗爽啊。

我以为，这真是一种卑劣的大男子主义。这与女孩子的小心机形式像，反射出的内涵却不一样，前者是不想破坏表面的平衡，想含蓄地表达不满，又想维持彼此的关系，后者是根本不屑维持这段关系，又不想破坏自身绅士的形象，于是让你知难而退。

前者是看重，而后者是轻视。

试想，如果他把我放在等同的位置上，不是强势地否定我，而是与我辩论，无论结果，那才是棋逢对手的探讨。

从某一方面来讲，我承认他说的没错，我们的世界观的确不一样，我也的确不喜欢去论坛看什么国际大事。我更关注风花雪月的诗篇，我更向往平淡朴实的自我，甚至于明星伟人的八卦我也能看得津津有味。是的，我所能接受的东西不多，在这个发达的网络社会，我知道有些知识能够汲取，而有些知识，并不需要去过多关注。

我只想让那些平凡的生活点滴注入我心间，取悦我自己，改变我自己，然后带给我身边的人更好的生活。

但是，这并不代表我目光狭隘。

一直觉得，知微见著，一直记得老祖宗说的那句，家门不扫，何以扫天下？

当我们还是一介学生，还处在校园充实自己的时候，当我们才刚刚进入社会，没有站稳脚跟的时候，我们为何要不切实际地把自己想象成拯救天下苍生的英雄？

也许，你在网游中仗剑走江湖的时候，你的母亲正为你的工作操碎了心；也许，你在修仙小说中登上权力巅峰的时候，你女朋友正在为你们的前途而担忧中耗费了青春。为什么要那么不切实际，一个不能给身边人带来安全感的男人又如何能称霸世界呢？

改变国家称霸世界的第一步，是改变自己。你始终要成为一个女孩的那一个，唯一的温暖，然后把她捧在手心，用心去呵护她，与她在似水流年中，陪你洗净铅华。

如若有一天，你真的手握重兵，江山社稷真的为你所用，那我想我是不会对你胸怀天下有所质疑的，因为那就是你的责任。那时，你的小家只是锦上添花，再也不是你的全部。而在那之前，你所有的空想跟不屑都只是胸无点墨和纸上谈兵。

现实生活中，多少人高谈阔论却只能沦为网络上的愤青。往往最容易成功的，不是知道得最多的，而是做事最踏实的。

两耳不闻窗外事，一心只读圣贤书。

十年寒窗无人问，一举成名天下知。

一心只做一件事，那就是走好脚下的每一步，做个有能力的人，做个身边人不可缺少的人，然后将你的温暖一点点扩大，也许有一天，整个世界就真的都被你温暖了。

瞧不起我的男孩们，你们尽管瞧不起去吧，不管是大男子主义还是更深一步的直男癌，我都不怕。

我宁愿鄙陋。

我宁愿守着我小小的洁净的世界。

我宁愿凡事都从自己出发，不是你，不是他，更不是天下苍生。

如果我成功了，那是我幸。

如果我失败了，我还有一片安宁的小天地供我留守。

做好自己之女孩篇

前一阵子，有一篇关于“上海女子逃离江西男友”的帖子在网上爆火，虽然事后被爆出是假新闻，但依旧像石头一样投射在世人心中，让人们久久不能平静。

不能平静的人，都是被刺痛的人。男的联想到这个社会女性的物质，憎恨女性的现实，而女性抱怨遇到的不完美配偶，悔不当初自己为何不逃离，好像一旦逃离就能嫁入豪门，天高海阔，至此过上贵妇的生活。

这两种思想，都是我所鄙视的。

你与他不合适，那只是因为生活习惯不一样，而你恰好不够爱他，不肯为他改变生活习惯，而他恰好没什么本领，没有能力改善你们的生活环境，所以，你们选择了和平分手，无关双方的金钱，也不用探讨什么人性。

这个事情的主角，其实在于女性，世人觉得，好像女孩子同意跟穷人家的男孩在一起就是好女孩，而那些想嫁入豪门的女孩子就可以理所当然地贴上拜金的标签，然后被道德所鄙视。

男孩子找女朋友，都会加上一个不物质的标签，而女孩子自己，也把婚姻当成自己第二次的投胎机会，把自己青春的身体当成筹码换成等价的物质，这实在是一种自我菲薄。

诚然，这个社会对于女子确实有很多的不公平，比如就业歧视，比如处女情结，甚至大学部的少年班招生都给女孩子设置了更多的障碍。女子想撑起半边天是如此之难，好像这个社会总是给我们有意无意地设置了很多屏障，想让女孩子知难而退，然后在家相夫教子。

就像被圈养的家禽一样，时间久了，很多女子自己好像也忘了飞行，觉得理应就处在下属位置。

在少女时代，凭借自己的青春美貌高傲地活着，觉得谁都配不上自己，然后在婚后便开始失去自我，按着男人们制定的规则，事事取悦男性，以男人为中心地生存着，男性一有什么风吹草动，她就如惊弓之鸟一般。如若嫁给的恰好是经济基础没那么好的，那么男性只要稍微做得不好，她便开始控诉着男性的品评，将自己置身在授予的一方，控诉着自己的不够。当她与男朋友们有什么意见相左之处，男孩子们只需要略带性别歧视地说一句“头发长见识短”，她就缩头缩脑，开始自我怀疑。

精神不对等的结合，你可否能得到他的垂青？

你想让老公们把你当公主，可老公们看到的却是一个没有能力、附属于他、想用那点不值钱的青春美色换长期饭票的女佣。

当新《婚姻法》出来的时候，多少女性开始捶胸顿足，说对女性不公，说自己又要生养孩子，又要工作，最后离婚连房子都没有。

奇怪的是，现在社会发达了，女性独立了，每家都是独生子女，连孩子的姓氏都可以随意决定，又为何一定定义于买房都是男方呢，养家的是男方呢，为何定义，在婚姻里，付出的就一定是你，而不是他呢？你完全可以咬咬牙，在社会上闯出一片天，然后骄傲地请女佣照顾孩子，自信地刷卡买一切，然后高傲得像一个女王。

归根结底，你根本就是吃不了苦，你只是一个妄想靠别人养活的寄生虫。你肆意挥霍年轻时的容颜，到中年时，容颜不在，你就将自己置身在下属的位置。

你是一个矫情自私愚昧、妄想用身体换取同情的胆小鬼。

这一切道理如此浅显，但定性思维久了，不需要牢笼，我们就自动自发地躲在无形的牢笼中。

我不否认女孩子在力量上是比男孩子弱，因为女孩子是水做的，女孩子本身就需要呵护，但女孩子柔韧的力量，女孩子迂回的方式，却是可以润物无声，可以百炼钢化为绕指柔的。

男与女，本就是社会造就的不同生物，互助互补，阴阳结合，不用歧视任何一方，也不用贬低任何一方，毕竟，我们曾是他们的肋骨。割舍不掉，却要成为新的个体，然后重新开始。

在割舍的时候，我们的痛必定是要大于他们的，因为他们早在盘古开天辟地以来就经历过那么多的风雨，而我们的意识才刚刚觉醒。

希望你们是这样的伴侣，在眼光交汇时相视一笑，在擦肩而过时，淡然地挥手告别，你有自己的生活，跟他一样的，完整的、自己写就的生活。

我们要做的，从来不是女汉子，排斥男性，妄想取而代之，也不是被男性若有似无的歧视压迫住前进的脚步，变成没有思想的工具。我们要独立，要坚强，要用风的力量，雨的力量，让万物生长。

等有一天，我们坚持做自己，终于做好了自己，那么世界都会为我们让步，他们也会在脚下臣服。

爱你，等于爱自己

无言独上西楼，月如钩，寂寞梧桐锁深院清秋。

我希望你是这样的女子：从不奢望这世间能有一个多懂你的爱人，无论别人怎样诽你谤你，无论你的他有多不理解你，你都不会对生活失去希望，都会淡然处之，都会笑着面对。

生活，几多风雨，但至少，你还可以自己做自己的彩虹。

台湾著名主持人小S，即便她老公看上去真的不太靠谱，即便捕风捉影的媒体说她因生女儿时常被家暴。但，那又如何？她依旧活得那般洒脱，她照样拉着被质疑去“海天盛宴”甚至被怀疑是gay的老公大秀恩爱，没有人可以说那笑容是强颜欢笑，因为她是真的很享受。

是啊，老公怎样是他的事，我只需做我认为对的事，不强求他的人生，然后细雨润物般地改变他，即便改变不了，他一直是个你口中所谓的“渣男”，但我爱他，爱他能够取悦我自己，又有何不可。

所以，你会心疼这样的女子，但你永远不必担心她过得不好，因为她够清醒，够实际，她对自己的好就已经足够了。

她不停地剖宫产，她美容瘦身从不停歇，你说她是为了取悦丈夫，可我明明看到她目的性那么明确的眼神，以及多少人对于她美妙身材的羡慕，她不是委屈，她只是在取悦自己。

这样的一个女子，又如何会被旁人的眼光左右？

有一天，我的他说我自私。说我最爱的是自己，不是他。

我笑而不语。

我一点都不想反驳他，然后问他，什么是爱的表现，是像女佣一样匍匐在你脚下，等你施舍，然后你只要稍微忽视我就开始悲秋伤春，一哭二闹三上吊？还是像妈妈一样把你保护得无微不至，即便自己衣衫褴褛也要把你照顾地跟一个王子一样？

即便我真的这样了，你又会爱我吗？你要找的，难道是一个女佣或者妈妈吗？不是我心狠，不想对你好，只是我想给自己留个余地。

我想既对你好，对你此生唯一，又爱我自己。这样可以吗？

两者，可以不冲突吗？

说白了，其实我跟小S是一样的，我们理智且胆小，我们目标明确，我们刀枪不入，我们身上带了一层厚厚的壳，学习并防备着身边的一切。

我不能说这样很好，但偶尔，我真的会羡慕那个毫无戒备往前冲的女子，那个女子，她爱人的方式，跟我不一样。

那个女子，是曾经的我，那时的我还未经历过生活的风雨，还一往无前地往前冲，哪怕飞蛾扑火也在所不惜。

所以，在那部大火的《我的少女时代》里，胆小平凡的林真心敢为了徐正宇提起裙子，在全校师生面前跟教导主任对着干的那一瞬间，我泪流满面，电影院里同样泪流满面的，还有无数个女孩子。我们都是长大的林真心，因为见惯了生活的风雨，我们开始对外面的世界失望，开始以另一种姿态面对生活，开始在不喜欢的人和事之间苟且。

但无论怎样，你一定要确保，你是开心点的。

你一定要知道，你无时无刻不在长大，所以，你一定不要轻易迷失自己，跟着心走，它脆弱，你就保护好它，它坚强，你就让它多经历几场风雨。

我是一个对爱有着太高要求的人，所以从不敢随意交出真心。我怕自己失望，所以先锁好了自己的心。

你说我自私，那你可知，我多想不自私。我多想有个人，能让我相信爱情，能让我不管不顾地抛弃自我。

是的，我胆小，所以，我喜欢胆大的女子。

我自私，所以，我佩服无私的女子。

我世俗，所以，我欣赏着脱俗的女子。

我喜欢着沈从文笔下勇于追寻爱情的翠翠，我佩服小仲马笔下不顾世俗眼光的玛格丽特，我欣赏仙侠传里为爱献身的灵儿。

泉中佳人，凝肤碧水青天相映，好似一曲空灵美妙非人间的乐章。

犹记初见，一瞬经年。

再见诠释灵儿的刘亦菲仍是喜欢，却少了那份初见灵儿时的心悸。

你终归不是灵儿，只是灵儿借了你的身重生。

一直喜欢周渝民，这份喜欢从初见《流星花园》时开始酝酿，一直到初中时达到顶峰。那时是个多情种子，有颗孤寂敏感的心，每次为着身边的事伤心时总爱抱着他的照片，看到动情之处便涕泣涟涟。最是爱那忧郁深邃的眼眸，像伟大的朝圣者，爱怜地看着世人。每次，见那饱含怜悯的目光都会让我觉得受了鼓励，受了爱抚，天使在身边般，再无心伤。

爱你，就等于爱自己，因为我爱的是温暖我的你。

因为我对你的爱，是取悦我自己。

所以，无论你现在年长或者年幼，无论你是初出茅庐的一张白纸，还是伤痕累累的草稿，你都要有一颗敢于爱人的心，两者唯一的不同，只是换一种爱他的方式而已。

我现在仍旧很喜欢周渝民，却不似那时的精神支柱。我现在仅仅把他当他般喜欢。因为现在的我，已经成长到可以面对更猛烈的风雨，自然，作为偶像的他，也不是我要取悦自己的对象。

但年幼无助时，窗外的雨淅淅沥沥，我充满心伤地盘着腿，一个人坐在一堆陌生人的环境里，旁若无人地拿着有他照片的那本杂志，认真地、仔细地抚摸他的眉眼时，那份浓浓的眷恋，像淡雅的月桂香，仍经久不散，在心底回荡。

清清甜甜，缠绕指肠。

几回肠断处，风动护花铃，再大的哀伤也不要麻木了作为女孩子的你柔软的心扉，再大的绝望也不要失去努力寻找那个他的动力。

两种女子

你道，你喜欢单纯天真的女子。我却说，我心疼复杂有心计的女子。

一定是承受了太大的苦难，一定是生活给予她们的太少，不然她们不会暗中计较，不然她们不会愿意成为别人眼里蛇蝎美人的代表。

就像当年秋水边的周芷若，她曾是河边青荇里最美的那支芦苇花，她曾是飘零在天空中最柔软的那抹飞絮，她自幼孤独，单纯美好地你不会吝啬用这世间任何美好的字眼去形容她。

后来，她遇到了她的无忌哥哥。一无所有的人本不会太贪心，因为世间任何的一切都不属于她，她也就不会奢望。但待生命的空白终于被涂抹上色彩，被擦拭掉时，那画板上的狼藉衬着背景的苍白，才会显得如此触目惊心。

你的生命中全是寒冷，所以，你从不在乎自己的衣不遮体，但有一天一个人给了你一个怀抱，你以为他再也不会离开，至此贪恋上他的温暖，哪承想，他一句“我只怜你，却爱她”就把那份曾经的刻骨铭心全部抹杀。从此以后，与君别离，相忘于江湖。每当风吹起，每当雨落下，冷风吹过我的心间，曾经若有似无的温度时时令我回味，时时提醒我，自己的一无所有。

所以，我开始憎恨这个世界憎恨你，所以我见不得旁人的幸福，只因那幸福也曾属于我。

至此之后，再无幽兰芷草般的芷若妹妹，只有冷眼看冷暖、心狠手辣的周掌门。

你惧怕她的复杂多变，你却不知道，她多想有个人替她遮风挡雨，多想有个人让她变得简单明了。

她多想有个人让她望断征途，暮云千里。

她多想秋梦君归家。

可终究，残灯落碎花，独自天涯。

也罢也罢，至少，我还可以继续我的复杂。

自己闯天下，听那寒月悲茄。

自己拂凄凉，品那斜阳西挂。

我时常羡慕着那些每天开开心心、不知忧愁的女孩子，想着她们必是世界上最幸福的人。

凡事不用计较，自会有人忧扰。

可是，我从不羡慕她们，我只求，你尊重她们，理解她们。尊重她们的选择，理解她们一路走过荆棘的伤痕累累。

你说，我让你也成为那样的女子可好。

你说，给我个机会，让我陪你细水长流可好。

我感动，却不心动。

你怒，你伤。

我亦心彷。

不是无情，却是多情。而自古以来，总是多情易被伤。因为易伤，所以我辛苦地锁住了我的心，你可知，那把锁将我锁得多累，锁得多疼？

可我仍是不能放下。

因为这个世界太过艰难复杂，我爱你，所以，我要与你并肩而立，一起走过刀光剑影，一起淡看天下浩大。

复杂的女子，多是善良且聪明的，因为她见识过生活的艰险，不忍将自己变成一个洋娃娃，躲在龟壳中，让旁人替她们遮风挡雨，她选择成为风雨中的那朵铿锵玫瑰，替你撑起半边天。

你说她不可爱也好，你说她没情趣也罢，如果你觉得任你操控的洋娃娃更值得你爱，那你也不配拥有更广阔的天空。

蒋介石曾经非常爱慕温婉有才的苏州女子陈洁如，追求日久，终于打动陈洁如的芳心，后出于政治目的，不得不娶了宋美龄为妻，将陈洁如送往美国深造之前，蒋介石让陈洁如等他，并说这种政治婚姻就是彼此之间的互相利用，待双方没有利用价值了自然就不作数了。

陈洁如信以为真，一生都耗在了等待二字上。而蒋介石却深深地被宋美龄的才干和政治见识所吸引，二人相守一生，谱写了一段民国最著名的婚姻。

据说，一直到晚年，宋美龄登上美国舞台演讲，替蒋介石四处游说的时候，蒋介石在台下看宋美龄的眼神都让人羡慕。那是一种欣赏、爱慕、自豪的眼神，那是一种棋逢对手，我能奈你何，却甘愿一辈子陪你走的感情。

宋美龄，决计不是一个任你拿捏的温室之花，却一辈子都将枭雄蒋介石拿捏住，而真正值得人怜惜的温室之花陈洁如，就让她一辈子生活在等待的温室里吧，就像小王子那朵玫瑰，你既然失去了与他飞翔的能力，就得承受等不到他枯死的结局。

我终究，也是个复杂的女子啊。

没人爱护也好，总免了适应你保护后，再独自天涯。

好歹，还有自己一直爱着自己。

你来，我陪你一起携手走天涯，你走，我祝愿你能早日有一个家，然后独自上路，见更多的人，写更多的故事，成为更复杂的自己。

然后，刀光剑影，刀枪不入，风雨彩虹，任我翱翔。

留一份美丽给自己，像凌雪傲放的寒梅，像独放寒山的桃花。

飞絮飞花，独飘天涯，殒于云际，化为落霞。

即便独自一人，我也要惊艳这个天下。

秋之韵

生若夏花之绚烂，死若秋叶之静美。

不知为何，最近竟得了腰疼，是感伤多了吗？心扉的忧伤居然穿透了情感直达躯体。

可我还是如花的年纪，正处在一生最绚烂的时刻。

因是担心我的身体，他陪我去了医务室，执手静静地走在校园内的林荫小道上，他手中的温度，让我倍感安心。

时节，已入秋。

不知从什么时候起，就见惯了四季常青。或为绿化，或为美观，树木于秋天竟是不落叶了，于冬天，仍是满目青葱。

却是，不喜欢半截青木于雪地探出头的感觉，总想着，那些绿叶会很冷。

本该你们，春情只到梨花薄，片片催零落。可为何，为何夕阳近黄昏，人间犹有未招魂？

说到秋，很自然地想到了《红楼梦》里的香菱。

香菱本名甄英莲，江南大地主甄士隐的女儿，从小被父母捧在手心，奈何命运不济，被人贩子拐卖，跟着人贩子长到十二三，出落得亭亭玉立，人贩子看到了香菱身上的价值，打算将香菱卖给别人做媳妇。

冯渊正好于此时出现，家境优渥，无亲无故，又专一深情，答应香菱此生只她一个，香菱像一株飘零的浮萍，孤苦到此原本便要扎根，哪知命运待她像玩笑。

人贩子为了卖个好价钱，又将香菱许给恶霸薛蟠，薛蟠竟生生将冯渊打死，香菱落入他的手里，至此改名香菱。

莲是高洁的花，而菱是路边随处可见的野花，寓意生命的卑贱。

后来，香菱被扶正，命运又一次迎来了春天，黑暗生命好似有一丝微亮的曙光在同她招手，哪知她像是命运手中被玩弄的一颗棋子，在生育之时苦苦挣扎，看尽人间丑恶悲凉之后，因难产而痛苦地离开了这个人世。

她的一生真如秋天的荒草，荒芜苍凉，本是如花的人儿，却只能只身面对秋风的肃杀，乃至最后的一抹香魂，烟消云散。

古时的女子真真命薄，仿若浮萍般不知下一秒便飘往何处，香菱只是其中最具代表性的一位。相似的被命运玩弄的还有怒沉百宝箱的杜十娘，沉鱼落雁闭月羞花的四大美人等，还有虽占据命运主导权，却因过于痴情而“风陵渡口初相遇、一见杨过误终身”的郭襄。她们有的是一介弱女子，身负国仇家恨，不能选择自己的人生，有的可以选择自己的人生，却为爱而付出一生的痴情。

自古以来，多是多情女儿负心郎，女子娇弱的外在相较男性更易被外力牵制和压迫，但这不是根本原因，根本原因是女子的纤弱敏感的心。相较男子，女子总是更为情所伤的那一个，所以，相较水一样的外形，女孩子们，其实更拥有水一样的心啊。

这秋水一样纤弱敏感的心，原本像湖泊一样平静、透明，但凡有一片叶落下，都会于波心荡起一丝丝的涟漪，搅动了心智，娇羞了容颜。

一如平凡的你，一如平凡的我。

秋日蟹正肥，正是品蟹膏赏秋菊的好时节，前几日高中最好的朋友告诉我，想买蟹的话可以去找万谦，我有些奇怪，她不是在日本留学吗?

即便我已经不是高中那个没见过什么世面的小女孩了，但我依旧不得不承认，万谦是我见过的最美的女子，那个年代，美丽的女孩子总是格外受到优待，她也不例外。

优异的成绩，完美的脸庞，优渥的家境让她收获一帮拥簇者，她很快便对一个男孩子动心，与他谈起恋爱来。

男孩子是不良少年，她成绩下滑好像是再合理不过的事情，高考没考好，美人傲气，同男孩子分了手，直接去了日本留学。奈何在异国他乡因孤单交了个男友，相处日久生了情，却发现男友在国内有一个女朋友，这一段感情再度为情所伤。她带了一身伤痕回了国，连学历都没熬到手，最后回家女承父业，做起了水产生意。

她是我见过的最美的女子，也是我见过的陨落得最彻底的人，很多人可以对她指指点点，但我始终知道，她有一颗多么孤芳自赏又容易被伤害的心。

红颜薄命，大概说的就是如此吧，女子多情，所以总被无情伤。

但不管怎样，会珍惜你的那个人，我相信，始终在等你出现。

想到这些旧事，我原本有些发呆，牵着他的手一直到了教学楼，就在教学楼后的那条路上，我终于看到了久违的枯叶，片片凋零。

于秋风中，那落叶如黄蝶般，轻旋，下落，完成一生最凄美的仪式。

然后，就那么安静地躺在地上，静静的模样，没有任何哀伤。

属于一片叶子的生命就此落下帷幕。

前两天在看泰戈尔的诗，最是喜欢那句“生如夏花之绚烂，死若秋叶之静美”。觉得人之一生当真如此就太完美了，可我们很多人终究做不到前半句。

若要自比，大部分的我们当是一朵再普通不过的蝴蝶花，也美也香也风姿绰约也高尚，却登不了高堂，入不了你的心。

美不过牡丹，做不了倾国倾城的期盼；香不过月桂，担不来暗香浮动、空里流霜的不凡；风姿赢不了芙蕖之出尘不染；高尚攀不上寒梅，疏影横斜，雪中着白衫。

可那又怎样，我又不要为你而活，我是女子，可是我不要做秋天的枯叶。要做山崖边的木棉，也风姿也绰约，有红硕的花朵，也有树的形象，与你并肩而立，根，相握在地下，叶，相触在云里。

我不要自怨自艾，我不要在漫长的岁月中等你，我要洗净铅华，坚强勇敢地向你款款走来。

可是，你，又在哪里?

我也想，也想活出夏花的风采，可碧碧穹苍，古来今往，谁能给我弹一曲高山流水，谁能为我赋诗一首，赞我满园留香，赞我生命顽强，赞我品质高尚。

我想，我虽是夏花，却做不了绚烂，只因无人观赏；我虽是木棉，却没有与我并肩而立的你，陪我一起看天下浩大。

那就让我们静静老去吧，至少，我们还能彻头彻尾地做秋天的那片落叶，至少还能拥有那秋叶静静地描绘在秋日微凉里的静美。

两个我

一身青衣素衫，满目断壁残垣。

茕茕孑立在烟轻雨小，美目顾盼，望里青难了。但见秋暮风潇，恰逢一缕断虹垂树杪，低语飘摇，又是一番乱山残照。

我又做梦了，梦中还是那个女子，一身白纱，迷眼望断天涯，飞走了孤鸦，风散了蒹葭，女子依旧独自立在高山之巅，清冷孤高，不沾凡尘。

就像诗人笔下的佳人，遗世而独立。

梦里的我清楚地知道，那是我，另一个我。

衣衫褴褛，一身红尘气息的本我远远地看着，不敢靠近，怕吓走缥缈如她，不想靠近，怕对比滑稽之我。

一声惊雷落下，眼前的素衣女子像一阵烟般，轻轻散了，我自梦中惊醒，睁眼看到的是头顶双层床位的门板。

我木木地睁着眼，室友来来回回，挑灯夜战准备期末考试，床头的闹钟尖锐地响起，提醒我，兼职快迟到了。

脑中的信号催促自己赶紧起床，行动由原先的不紧不慢，到渐渐飞快地收拾起来。拉开门的一瞬，一阵光照来，脑海中遗世独立的清冷佳人烟一般地消散。

我，又变成了在红尘滚滚中努力生活下去的芸芸众生。

我着实是一个世俗中人，谈不上庸俗，却也从不是清丽脱俗的女子。

深觉，人之一生的意义就在于不停地适应。有能力改变他人是伟人，有能力改变自己是强者。

有时候对于所谓世俗的一些规则总是抱之淡然的态度，总觉得与其寄希望于大环境的改变，还不如在小我上下功夫。毕竟，不管在哪个年代哪个社会，资源就那么多，而能够站在金字塔尖的人，才拥有足够的话语权。

所以，为了能更好地活下去，为了能让父母老有所依，为了能让下一代不输在起跑线上，我又有什么理由不按照世俗制定的标准在缝隙中寻找突破。

为了游刃有余，我得适应一切的规则才能不被颓岩峭壁撞得头破血流。

活了二十来年，自觉，亦改变了不少。

会适时对强者低头，却也没忘为弱者心酸；会用表情迷惑内心，却也努力真诚待人。

我自以为做得很好，却还是忘不掉那个不谙世事、青衣素缟的小孩儿。依稀记得她蹲在黑漆漆的门外，抱膝抽噎的委屈景象；依稀记得她因想念迟迟不归的妈妈，看到谁都变成妈妈的心情；依稀记得被哥哥砸了鼻子，还要强忍眼泪的表情。

依稀记得很多事情，但真的只是依稀而已，依稀到，只剩一个模糊的轮廓。

我说我忘记了自己那时的模样，你以为我真的忘记了，我也以为我真的忘记了。

可是，可是每次午夜梦回，我都会看见她。

她穿着素衣，她满眼都是哀伤。

她在望着远方，她眼里却没有方向。

她独自一人立在轻烟淡雨中，身影与雾气渐渐融合。我看向她身旁，茫茫不见归途，只一片断虹垂树梢，乱山残照的模样。

一个人，遗世而独立，留一片背影，给那满目的疮痍。

一如那独乘一叶孤舟的蓑笠老翁，独自垂钓寒江的苍茫白雪。

也许哪天，她会收却纶竿，从容欣赏落照的残红，耳畔低吟的秋风，恰愿为她翦下一朵芙蓉。

彼时，那幅景中，虽人淡淡，虽水蒙蒙，却有未知名的淡淡思绪，吹入芦花短笛中。

心里，一直住着的你，竟从未离去。

我还是你，可你却不是我。

放下偶然

最近迫于就业压力，一直在跟着大神们奋斗，与众人处在实验室，独自隅于一角。本想融入他们，探讨探讨神圣的电子学，可发现，爱着的，唯一爱着的，仍是只有文学。

学了两年的电子，我真的不是故意的。只是，发觉有些事情，真的不能勉强。

一如人生的那些既定，一如生活的那些偶然。

既定的过往，无论再怎样挣扎，都如深深的烙痕，永远刻于心上。

遮盖，掩藏。

终是禁不住那隐隐之痛，时不时将你的心境撕扯成一片狼藉。

那些心伤，那些情创，其实已成过往。

请放下，请忘记，就像忘记那曾经的、未及的偶然。

一片落叶飘过你心上，如拂过水面般，带起一丝涟漪。你水光潋滟波心盈盈，你还未赶得上抚平那份轻颤，你还未来得及读懂自己的情，它已随风飘逝。你目送那份轻盈，暗自神伤，猜测他是否还将去扰乱另一处平静。

有些内心的喜好就让它继续深埋在内心，有些既有的选择就继续坚持。

放下跟坚持，其实并不冲突。

就像你，已经与一个人互许了一生的承诺，却在携手前进的过程中被另一双眼睛迷了归途，你是学陆小曼与他奔走天涯，还是学卡夫卡跟银行家的妻子，进一步是丑闻，退一步，是爱情？

其实，你不必神伤。

我是天空里的一片云，
偶尔投影在你的波心——
你不必讶异，
更无须欢喜——
在转瞬间消灭了踪影。

你我相逢在黑夜的海上，
你有你的，我有我的，方向；
你记得也好，
最好你忘掉，
在这交会时互放的光亮！

甚是喜欢徐大才子这首难得脱离华丽、归于清雅的好诗。有别于同陆小曼热烈如烟花般璀璨的爱，诗中女子得到的，才是他放在心底寂静的欢喜。

我想，诗中的那女子，该是落寞又幸福的吧。

他让你忘记。

而他，却选择铭记。

你是人间四月天

这两天着实憋屈。

我说我向来不是个淡淡的女子，向来觉得自己肝火太旺，向来明白所有现实始末却从不知妥协。

这类人其实注定会活得很累。

聪慧地看淡世事无常，却坚定地追寻着世事的有常。一眼看透结局，却妄想改变结局。

这样的人，怎能不被累？

今天上了一天的课，真的很累很累。

一个人颓然回到宿舍，清理一下大脑，最先想起的，果然是他。

是啊，怎么不是？我是个厌俗的人，能有一个情人，决计不会要很多朋友，总觉得，朋友之于我，相交易，近却难。

天天跟你在一起，把你当成生活的全部，是否是我最错的决定？

一直知道，距离产生美，可终究还是犯了错，终究还是走得太近，近到就真把你当成了家人。

你知道我不会离开你，你知道我舍不下这份亲情般的依恋，你知道我内心的敏感善良。

你是该知道，我是个怎样的女子的。

我缺少爱，所以我从不轻易付出自己的爱。

我没有安全感，所以我从不轻易让自己对你交心，因为我怕，我怕我的脆弱会成为你的负担。

我自卑又要强，所以在你那么不经意地谈起别的姑娘时，我会淡淡地把头别开，原谅我，原谅我那时不能附和你。还要原谅，原谅这等小事我至今仍放心上。

我原是不想让你知道这些，可你却瞧了出来。

你说，你说你能给我一切。

我试着相信，一步一步，如履薄冰。

终归，我还是相信了。我不再藏着那些拙劣，我不再掩饰那些倔强，我在你面前做了真正的我。

我开始把我的小心眼，把我的斤斤计较，完完全全袒露在你面前，我开始不再神秘地利用爱情里的小规则操纵你的心，我开始落了下乘，患得患失。

我，开始爱上了你。

就在我还有一丝清明时，就在我彻底愚蠢前，我看出了你的躲藏，我看出了你日渐明目的藏在笑脸后的彷徨。

我真的，真的不屑那些伪装，如果你有什么介怀，请你明说。

我知道，不好的一直是我，我是如此敏感孤寂，而你却是很好很好的男孩子。

你知道吗？正因为你的好，我才会更加不安全。不是对你的不信任，而是对我的不自信。

我总是说你不好吧。别介意，其实，那是在说我自己。

一个女子，如果在爱情里迷失了自己，那么她就会很低很低，低到尘埃里。我不愿很低，即便最后，能如张爱玲所言，开出倾世的花朵，我也不愿。

我不想做娇嫩惹人怜的花，我想做的，是那人间四月天，就像那个洒脱的传奇女子一般。

用我的笑响点亮四面风，把那份清灵在春的光艳中交舞着变。

我想做那四月早天里的云烟，黄昏吹着风的软，眸里的星子在无意中闪，细雨点洒在花前。

如她那轻，那娉婷，将那鲜妍，百花的冠冕戴着。

想学她那天真，庄严。

想夜夜抬头，便能仰望月圆。

想天天看到新鲜初放的绿，拥一份柔嫩喜悦在心怀，让那水光浮动着我的梦，在期待中采撷白莲。

我是真的，想做那一树一树的花开，如燕般在梁间呢喃？是那般想成为你的爱，你的暖，你的希望，做那清灵明朗的人间四月天。

我愿用我轻灵的笑，点缀在你的心田，我想让你因为我，而爱上四月春燕的呢喃；我想带给风，带给你暖，我想拥有你人生的占有权。

而不是成为让你怜惜，施加你压力的负担，那不是爱，那也不是我，那是狭隘的取暖般拼命汲取的安全感。

可我，不是她。

我终究，只是秋天的苍穹。

虽然，或明媚或雨倾盆，或高旷或低沉，但那深入骨髓的萧条，只见加深。

珠帘半卷

独自坐在最边的角落，听着清灵的曲调，那份珠帘半卷美人怨的哀伤在耳边细细散开，化为幽缈的思绪在星空飘摇。

宿舍另外三个女孩子在玩网游，游戏声开得很大很大，大到几近遮掩了窗外细雨的簌簌声，大到穿透我耳边的珠帘半卷，直透耳际。

不足十平方米的地方，却俨然两个世界。

我其实羡慕她人的活法，我一直想活得像个姑娘。

想与闺蜜一起欢喜于某个翩翩少年，欣喜他的一颦一笑，心动他的蓦然回眸；想与同学朋友互相嬉笑打闹，开着无伤大雅的玩笑；想做很多很多与别人一起做的事情，想嘻嘻哈哈，眉头弯弯，就这样，到老。

可是，那终归不是我。

有一种忧伤至骨髓的寂寞，从我出生之时就伴随着我，像天上缺了一半的月牙，带着与生俱来的悲伤。

我不知道，是不是前世的我太过感伤，以至今生还留着情绪的烙印。

我不知道，是不是我肩负着一个未知的使命，以至我离洒脱很远很远。

我只但愿，我能找个同样敏感、善良、纤弱、多情的心，在某一天某一时与我相视而笑。

其实我一点都不想孤寂，其实我从不想一个人。

不堪宿舍的喧闹，踱步至窗边。

仰望，看着天上飘下的精灵，脑海中想起一首诗，浮现出一个诗人。但见他头戴青色箬笠，身着草绿蓑衣，斜斜的风自面上拂过，细细的雨轻洒在眼前的路上，他碎碎念叨道，不须归不须归。

细细的秋雨更像是对落叶的一场祭奠。

只是，这场仪式的结束，也是秋雨的生命的一次终结。

你说我错了，它还会再生。

我说你错了，像那落叶像那残花，花开花落昔年同，但今年开的，可还是我去年抚摸过的那朵？但今年开的，可还是我去年吟诵过爱护过的那朵？

终归，不是了。

想到曾经的心动，或化为尘埃或殒于天涯，便不自觉地充满怜惜。对于自己，亦如是。

抬头仰望漆黑夜空，晶莹剔透的泪珠飞絮般飘扬，时不时有一两滴碎落坠地的声音传入耳际。

这是世间最悲的哀乐，这是世上最美的乐章。

我像天地间唯一的存在，我的存在仿佛就为证明，这些透明的雨之精灵来过一场。

我用并不十分机敏的眼神，与暗夜的苍穹交接。

墨黑的星空，并没有星，但我想叫她星空，至少我有期望。

我期望，在那黑夜背后，也有一双眼睛，一双看透世俗的慧眼，用她温柔的爱怜的眼神，将我轻轻爱抚。

入冬

入冬了，突然地，天就冷起来。

今年是很特别的一年，没有如往年一般冷冷热热，不停地循环，循环到待我终于厌烦的时候，才会安安静静地冷下来。

多久了？多久不曾这般听着知了叫，闷闷热热地地过了夏；再看着蓝天白云，闲适高旷地落完了秋的叶；最后，一场大雪覆满天地，万物沉寂消亡，只余一股寒香回荡天地间。

我喜欢那样普通的日子，普通到闭上眼睛就能想到明天会怎样。

厌了夏的烦闷，还可以有冬的清冷可以期待。腻了春的绚烂，仍可以记挂秋的素雅。日子这么一来一往地到了头，却也并不觉得无趣，因为知道会经历什么，所以会产生相应的期待。

倒是，倒是不喜欢多变。

来南京也有不少日子，大约有两年半了罢，感慨颇深的便是，这儿的天气实在是不好。不谈别的，实在是不喜春秋的薄短、冬夏的漫长。每每熬过一个寒冬或是一个炎夏都如获重生一般。

比起对春逝的惋惜，我更心动的是对秋消的缅怀。我喜欢那般薄凉的味道,虽是薄凉，却也透着淡淡的无奈与哀伤，并非那般无情的萧寒。

秋天，是蓝色的。

南京的秋太短，短到我还来不及嗅到清甜的桂花香，那股淡薄的气息便已夭折在寒冬的怀抱中。

好在，好在今年的秋够长，终于还是过了一个正常的秋季。在心满意足之际，我迎来初冬。

若要用一种颜色来形容冬季，那便是白色吧。倒不仅仅是因为冬天的白雪有多显眼，也不完全是因为姑娘们身上的白色羽绒服、白色绒帽有多炫目。

当然，冬天的雪自是显眼的，冬天的姑娘，也自是炫目的。但是，若要与冬季那股寡淡的气息相比，那还是一角与群山的关系吧。

冬天是寡淡的。落叶纷飞的凄美，只能在秋天看到，而冬天却是不能了罢。冬季，一切的色彩都与它脱了节，彼时，树干是光秃秃的，天际是空落落的，就连动物也多半不见了踪影，冬眠去了。

你说灰色更适合它？也许吧。有的时候，它真的就是灰色的，黑压压的一片天，外加寒风刺骨下，人的心境。

但是更多的时候，它却是阳光明媚的。坐在教室的玻璃窗下，能感到身体微微地发热，待一闯进了无遮挡的天际，却又凛冽刺骨。即使，彼时天边，仍是有太阳高高地悬挂着。

是了，冬天的太阳，是白的，没了万丈光辉，它只是白的。

惨白吗？不，是亮白。其实是万种颜色都汇于一处的缘故吧。

待视觉轮转，看往大地，能清晰地感到生机勃勃。

万种色彩都藏到地下去了，是在呈现那宏大的色彩吗？

走在路上，寒风凛冽，很是清寒。我拢了拢衣袖，将头往领子里缩了缩，享受地呼吸着冬天的空气，眼前清明，大脑也异常清醒，我很喜欢这种感觉。

手偶尔地会探出手套，寒流不失时机地闯来，莽莽撞撞地，像一群不知轻重的小子，害羞又粗暴地与细嫩的手掌打个招呼。

这许久不见的，肌肤相触的感觉，着实令人怀念。

我微笑地前行，享受这迟来的寒情。

想做个招苍蝇的好蛋

其实我想做个招苍蝇的好蛋。

今天跟他吵架了，不是为着什么大事，只因为他从不肯肯定我，无论是当着别人的面还是私下里。

没有那份阳光普照的荣耀，总是使人更加企及阳光的抚慰，总是会使处于黑暗的人对光明有着极其敏锐的感触。

所以，他的言语里一旦有对别的女孩子的一点点夸奖或肯定都会牵动我那敏感的神经，从而爆发一场战役。

对于你的爱，我一直小心翼翼，生怕亏待了你分毫，当真是感君千斤情，愧无倾城色了。

期冀如我，也曾将自己放低到尘埃里，如几多情窦初开的少女般，虔诚地问那西天的佛祖：为何不给我羞花闭月的容颜？

佛依旧那般高大，依旧那般回答：那只是昙花一现，用来蒙蔽世俗的眼，没有什么美可以抵过一颗纯净仁爱的心，我把它赐给了你，请不要让它蒙上灰。

我诚惶诚恐地应允，从此愈发对你好，只愿得一心人，恩爱到白头。

一切发展得如此水到渠成，我几近远离了所有的异性，生命中就真的只剩了你。

可是，当我远离了一切的春色，以孤身之姿飞越沧海，我只能做那守护一株花的蝶。

可是，哪株红花没有绿叶绕？

若有一天，面对那样情况的我，当如何？

若有一天，发现为你放弃一切的我，却并不能换来你的以心相待，我又该如何？

为着与你的相遇，我也做了那痴心的人，虽未曾在佛前求了五百年，却也为着那一段尘缘，万水千山只等闲。

佛没有把我化作一棵树，长在你必经的路旁。

而是让我成了一只独翅的蝶，为追寻你一抹嫣黛，飞越海洋。

我没有在阳光下，开满慎重的花朵。

亦没有朵朵，注满了前世的企盼。

在那片苍茫的海上，曾经那么美丽的蓝色的海浪，差点就成了我葬身的汪洋。我奋力地挥动着翅膀，眼中只有你开满山野的烂漫。

奋力，幻想，坚持，抵达。

终是见着你，莫抬头，莫抬头，抬头却得殇。

春色旖旎，岸柳芳华，苍苍四野，绿叶绕鲜花，那么，我这个残蝶是不是该继续远走天涯？

所有的明星里，唯独90后的郑爽人气颇高，上头条的概率堪能称王，很多人都说她买热搜，但其实我不这么认为。

有句话，叫作观众的眼睛是雪亮的，一个人的好，一个人的不好，全部都摆在脸上，骗不了人的。

我告诉你，你为什么喜欢她。

因为，她就是那个傻傻的你。

她因为喜欢一个人，把自己全部都包裹起来，拒绝所有异性的接触，完全在自己幻想的世界里活成了道姑。

她小心翼翼地、笨拙地用自己的方式去喜欢一个人，她以为自己不够好，所以，唯有把全部的自己都献给他，这样才能让她在这段感情里有底气一些。

可是姑娘，爱情本该就是对等的，你姿态低了，他自然就会高，爱情的保鲜膜，自然会被撕破。

我们是女孩，即便不应该与旁人太过随便，也不应该摆出不可接近、只此一家的姿态，那样的女孩活得太谨慎，那样的女孩其实已经失去的女孩的特色。那时候的你，给自己牢牢打上了他的标签，而人，对于自己的东西总是喜新厌旧。

所以，你一定要记得做自己，好也罢，坏也罢，他爱自爱，不爱，亦强求不来。

其实，我真的想当个有缝的好蛋，不用墙头骚动，也有粉蝶环绕。

或许只有那样，你才会知道我对你的重要。

可是，爱你如我，终是做不到。

温暖的月

年幼时，我并不觉得月亮会与温暖这个词有什么关系，我甚至觉得月亮的光有些冷。

你看，夜幕初上时，一轮圆月清清浅浅地升起，斜斜地挂在西天边的树梢上，衬着老树昏鸦，伴着离人雨下，多多少少有股冷眼淡看世事的清高之味。

因着时刻与黑夜、寂寥为伴，月亮给人的感觉向来都是冷的，古人有“皎皎似天上明月”来形容心上的姑娘，现代也用“心中的白月光”来表达爱恋难以圆满的遗憾。

把月亮跟温暖画上等号，好像有些不可思议，也正因着这一点不可思议，所以我从不对人提起，只留自己独自品味，这属于我跟月亮独有的秘密。

第一次觉得月亮温暖要追溯到九岁那年，那年，我最心爱的外婆去世了。

我的童年在乡下长大，爸爸妈妈忙于事业，在我的生命中几乎算是缺席的，而爷爷奶奶重男轻女的思想很严重，不曾对我有过多苛责，也无过多溺爱疼惜。

年少的我一腔心思无人可说，唯有在仲夏之夜独坐庭院里闲听落花，望月以伴。

这种生活的结束要追溯到妈妈将我寄宿在外婆家。

哪怕那个脸似圆月的老人已经去世多年，她于我的零碎记忆也早已被岁月打磨得不甚清晰，但她带给我的陪伴跟温暖，我一直忘不掉，所以，她的去世对于年少的我来说算得上是很大的打击。

我依稀记得她离去的那个夜晚，一群人进进出出，替她料理后事，外婆的遗体就放在大厅里，盖着白布，脚尾点着两盏煤油灯，灯光有些微弱，在日光灯的照射下几乎看不见火苗的痕迹。就像奄奄一息的老人，气若游丝的生命在最后的时刻随时会消失般脆弱。

外婆在田里劳作都爱带着我，她忙累了也都喜欢跟我坐在田边给我讲故事。她的离去，是在忙碌完转身给我拿饼干的时候，猝然地倒在了田埂上。

那时，头顶的月牙才将将探出个头，就被乌云掩去了踪迹，像悲天悯人的那双眼，不忍窥探人世的生离死别。

妈妈跟几个阿姨跪在床头哭，表弟表妹们那时还小，什么都不懂，里里外外的打闹，而我，抱着胳膊缩在墙角边独自看月亮。

那天的月不大，却很亮，甚至泛着微微的红。曾听老人讲过，有人去世的话，月亮会变成红色，这是月亮在哭泣。

我想，童话里的那些故事要是真的那该多好，如果月亮会哭泣，如果天上有天使，那么我最亲爱的外婆，她或许并没有远去。她只是睡着了，醒来之后，灵魂到了另一个世界，那个世界里没有病痛没有悲伤。而她，会多出两个翅膀，时时刻刻从天堂里看着我，保护我，永远不会离开我。

那样，该有多好。

那是第一次，秋天的夜很冷，亲人离去的悲伤不期而至，给我温暖、给我力量的是曾经与外婆一起陪着我的那轮明月。

多少年之后，我还是会看着它呆呆地想，我的外婆，她离去了那么多年，这世上她存在的证据一点一点地消失，甚至妈妈阿姨们都很少谈起她了，但每逢看见那轮微微泛红的月，我还是会时时想起她，想起她给我的那些陪伴。

关于她的点点滴滴，月亮会帮我永远铭记。

后来，我就一个人默默地长大了，成长的过程忙碌而枯燥，除了放学的归途中偶尔抬头望一眼墨泼的夜幕，如果恰好有那轮圆月，与它会心一笑之后，我的心情会莫名地好，但那种心灵层次的碰撞，却是忙得很少再有了。

也许人大了就会变得刀枪不入，包括年少时那些感动你的童话也会遗忘个干净。

如果没有高一的那段夜路经历，我想，我也差不多忘了童年的自己是个多么敏感爱幻想的小孩。

那年妈妈买了车，工作更忙了，有时候跟我见面的时间都没有。

乡下的爷爷想我，妈妈利用去客户家吃饭的间隙送我去乡下的爷爷家，但是由于时间比较紧，最后离家两公里的大坝上把我丢了下来。

我认识去家里的路，穿过大坝，再经过两个村庄，大坝上有一排坟墓，而两个村庄之间有两座废弃的老宅，还有一片传说死过人的水塘。

我那时虽然倔强，但胆子小还是占了上风，不顾脸面死皮赖脸地哀求妈妈把我送到家，妈妈为什么如此狠心的原因我不记得了，甚至她那令我觉得多么无情的表情我也忘了，但我唯独记得走那条路的心情。

那真的是胆子被吓破的真实体验。

我闭着眼睛拼命往前走，耳边任何的声响都能让我的神经紧绷起来，偶尔背后吹过来一阵风，我惊起一身冷汗，生怕是乡下老人嘴里的“妖风”，风里裹着一个青面獠牙的怪物，然后跟在我身后张牙舞爪，寻找时机将我吞噬。

我看着路边不远处一排排若影若现的小土丘，浑身的汗毛都竖得直挺挺的，可我还得捏着拳头咬着牙往前走。

我想叫，壮壮胆，又怕发出一丝声响惊动了不该惊动的灵魂。

那是一种伴着巨大恐惧的破釜沉舟，前有悬崖，后无退路，每一刻我都想就此昏厥过去，再也不管旁边的草堆里会蹦出什么妖魔鬼怪，前面又有什么魑魅魍魉。

在我濒临崩溃的时候，一轮巨大的圆月突然就映入我的眼帘，它那么安安详详地挂在头顶，散发着融融的光。

我发誓，我从未见过如此大的月亮，大到仿佛半边天都是月亮淡亮色的光辉，周边的星星都被月色盖去了光辉，除了远离月亮的一片黑幕，天空上再无与之争艳的物体。

我静静地看着它，它仿佛有安定人心的作用一般，我的一颗被恐惧浸淫得几近麻木的心就这么被融化了，一股暖流划过，我的眼前划过了一张笑脸，那张笑脸是我生命中最初的温暖——我的外婆。

我想到了她去世的那个夜晚，那晚的月不似今天的大，也不像今天的明媚，那晚的月，小得有些悲伤，藏了一半在云里，露在外面的那一半渗着些微微的红，像哭红了的眼。

我最初被寄宿在外婆家的时候，想父母想得整夜睡不着觉，外婆就会轻轻拥着我，然后摇着她的蒲扇，直到我再也不会惊醒为止。

她要走的那天晚上，像是有感应似的，农忙的间隙，对坐在一边看她劳作的我说："潇潇，外婆啊，以后会一直在你身边的，千万不要害怕一个人。"

哪知这一句话竟成了永别，也成了我挂在心上一辈子的护身符，这道护身符它无形无息，我以为它已随着成长消失不见，哪知，它却一直一直藏在我心间，从不曾离去。

外婆说得对，她会一直一直陪在我身边的，她现在，恐怕就在月亮上看着我，取笑我胆小呢。

举杯邀明月，对影成三人。

这张牙舞爪的树影，这被月光映衬出的云影，你们，其实都是外婆变成的天使，在陪着我对吧？

我对着那轮暖月微微笑开，圈着手对着它轻轻地说了声："外婆，我想您了。"

那一夜过后，我再也不怕黑，也不怕夜路了，因为那一夜我又找回了一种东西，那是年少时外婆给予过的名为“陪伴”的一种东西，它让我在任何时候都不孤单，都不害怕。

我知道，有些人即便从我们身边消失了，但他们也会一直陪着我们，只不过换了一种形式而已。

一切的故事与感情，月亮她看在眼里。

后来，举头望月便成了一种习惯。

我见过各种各样的月，有弯勾，有满月，有半月，也有月食，但不管哪一种月都温婉大气，好似从远古走来的大家闺秀般不争不怒、不艾不怨，她不与太阳争光芒，也不求万人仰仗，她只是挂在高高的夜空中，给黑夜下孤寂游离的灵魂默默点一盏灯。

即便在岁月长河中走过那么多年，她依旧浅笑盈盈，一副不沾风尘、最美初见的模样，就像记忆里那些给过你温暖的人，虽然已经远去，只存在于月夜的梦中，可那份淡淡的温暖，于你的生命中镌刻，永不褪色。

宝塔下的守望少女

楔　子

在黄河以北，有一座小城，小城中央盘亘着一条河，河里矗立着三个宝塔。

关于这三个宝塔，流传着一个广为人知的传说。

据说，湖中心原先只有两座宝塔，这两座宝塔中间隔着百米之遥，几百年来，这百米之遥空无一物，只有一片波光渺渺。

但就在百年前的某个中秋之夜，夜色半掩着月辉，湖面一个阴影渐渐滋长，越长越高，伴着另外两座宝塔的身影，衬着月色，对成了三座塔。

第二日，当早起的农人挑着扁担，踏着刚探出头的曙光，在两座高高耸立的宝塔中间看到一座略微矮小的宝塔时还以为是自己眼花，揉了好几下眼睛再看，才确定是真的多出一座小塔，他吓得扔下扁担，赶紧叫来了五里八乡。

至此，两座宝塔在中秋之夜有了私情生了小宝塔的传闻便不胫而走，然后口耳相传，穿透时空的桎梏，一直到几百年后的今天。

一

这个小城就是我的家乡，我非常爱这个传说，觉得它不仅神秘，还很浪漫。

在外人看来，我是个奇怪的少女，总喜欢在月黑风高的夜晚，独自去湖面的木桥上吹风。

大人们都以为我是去看月亮，其实我是去等一个人。

我要等的人是一个男孩，那个男孩乘着月色而来，然后离去得不留一丝痕迹。

爸爸妈妈常年在外地做生意，我自幼时开始便同爷爷奶奶住在一起，平日里还好过一点，但每逢中秋月团圆的日子，便显得尤其难熬。

那一年中秋，父母照例没有回来，连电话也没有一个。眼前寥寥几道菜，渐渐由冒着热气到冰冷。

奶奶叹了口气："潇潇，你爸爸妈妈忙，中秋不回来就算了，他们过年肯定会回来的。"

我咬着唇，拼命忍着泪，一年又一年，他们几乎年年食言，我那时已经念初中了，课业很紧张，同学们几乎连吃饭的时间都被父母盯得紧紧的，可唯独我，与爷爷奶奶寄宿在一起，一个人默默长大，几乎已经被所有人忘记了存在，包括我的爸爸妈妈。

我最害怕的，是开家长会，每逢老师问我，为什么是爷爷奶奶而不是爸爸妈妈来的时候，我都将头埋得低低的。

我也不知道，父母到底是有多忙，忙到对自己的孩子都可以不管不顾，我的心那时几乎快封闭了，封闭到只愿在黑夜里与月亮分享自己的心事。

那晚，等爷爷奶奶收拾完碗筷睡下后，我骑着车，披着一身月色，去了大运河畔。

我喜欢在孤独的时候看宝塔，一轮清亮的月，穿透黑暗的枷锁，将融融的光辉洒向静谧的大地，波光粼粼的湖面斜斜地倒映着三个高低不同的身影，看起来有一股特别的温馨之气。

虽然他们永远只能隔水相望，但月色却让这一家三口的倒影交叠在了一起，享尽天伦之乐。

如果爸爸妈妈突然乘着月辉出现在眼前就好了，我抱着膝盖坐在河畔边痴痴地想。

一个身影撑着小船，像夜的幽灵一般，无声无息地停在了我面前。

“呀！”我吓了一跳。

“嘘，别怕，我不是坏人。”

一个温和的声音轻轻传了来，他朝我做了个“嘘”的手势，示意我不要惊慌。

借着月色，我看清了来人：这是一个十七八岁的少年，月亮的脸，星星的眼，披着月色悄悄地出现。

“你是月亮派来的天使吗？如果是的话，麻烦你把爸爸妈妈带到我身边好吗？”

我竟然忘了害怕，充满希冀地看着他。

少年笑弯了眼：“小妹妹，你想什么呢?”

“哦，这样啊。”

我撇着嘴，垮下脸，自己果然是太异想天开了。

“小妹妹，你爸爸妈妈没陪你过中秋吗?”

“嗯。”

“那我陪你过吧。”

“啊?”我有些惊讶。

少年朝我伸出手，我抬头看见他真诚的眼睛，把手递了过去，少年轻轻拽着我，把我拉上了小船。

二

少年告诉我，他叫乔月，是个渔民的儿子，爸爸妈妈常年住在船上，一边替别人运输赚些小钱，一边四处捕些鱼聊以生存。

“那你这么晚出来干什么啊?”

我挨在乔月身边，坐在甲板上，耳边的风细细密密，像千百年前的某个时空传过来的悄悄话。

“你猜?”乔月一脸狡黠。

我刚想说自己猜不到，水面传来一阵窸窸窣窣的声音。

“上钩了……”乔月神神秘秘地站起身，俯身朝船头张望。

湖面水波反射着月光，适才温柔的月一瞬间有些森冷。

小船停在湖中心有节奏地晃悠，像是有水鬼在船下啃噬一般，吹在身上的风有些凉，我突然间起了一身鸡皮疙瘩。

我紧紧地盯着桥头的少年，害怕的情绪适时席卷而来，我生怕他猛一回过头来变成一个青面獠牙的鬼怪。

“今天的小家伙们有些多啊。”

乔月开心地叫了一声，声音里有掩饰不住的兴奋，他回头招手，示意我过去。

那些稀奇古怪的想法像泡沫一般，“啵”的一声散去，我敲了敲脑袋，有些懊恼自己的不着边际。

乔月撸起袖子，有些兴奋地开始收网，他顺着网兜往船上拽，借着月光，额头反射着一层亮晶晶的汗珠，我赶紧过去帮忙。

网兜一边拴着船，一边拴着中间的小宝塔，他们一路拉，船便沿着网兜滑向了中间的小宝塔。

宝塔年代已久，塔身上长满了青苔，由于常年浸着湿气，青苔摸上去滑溜溜的。

“你要不要去塔里看看？”乔月边说边收网。

我看着黑黢黢的塔，在指明灯的照射下，隐约可见塔尖闪着微微的光，有些害怕，遂不答话，只看着乔月。

乔月脚蹬在甲板上，一用力，一网活蹦乱跳的小生命就被拉到了船上，月色下顿时飞舞着一片晶莹剔透的小水珠，这些小水珠像夜空下飞舞的小精灵，热情地扑过来，给了我一个清凉的拥抱。

“哇，好多鱼啊……”

各种鱼、虾、蟹，甚至还有穿着厚厚盔甲的乌龟，四仰朝天地躺在网兜里。

我蹲在船上兴奋地看着，有鲈鱼、鲶鱼、草鱼，还有很多叫不上名字的水生物，我第一次直观地意识到，原来水底有这么多的小生灵。

乔月打开网兜，一只小螃蟹挥舞着小钳子飞快地爬了出来，乔月将网口拖到船沿边，小螃蟹横行霸道地顺着船沿，“嗖”地一下掉下了河。

借着月色，乔月仔细辨认了片刻，然后将手伸进去，拿出一条小鱼，小鱼在他手上活蹦乱跳，乔月轻轻地把它放到河里，然后又接二连三地放了几条。

“你不是以捕鱼为生吗？为什么又要放呢？”我忍不住问。

乔月一笑，露出两个酒窝：“那些是产卵的鱼，所以我都是偷偷放了的，别告诉我爸。”

他朝我眨了个眼睛，然后从网兜里拿出一个绿油油的小家伙。

“咦？”我谨慎地戳了戳。

小家伙儿一点都不怕，伸着小头，睁着乌溜溜的小眼睛看着她。

“我们家乡传说，乌龟是特别吉利的动物，可以帮助你实现心愿，还可以保佑身边的人福禄安康，小妹妹，送给你。”

我捧着小乌龟，小乌龟乖巧地低下头，在我掌中心蹭了蹭，痒得我“呵呵”地笑。

“嘭！”一股大力的水浪打来，把小船撞向了宝塔。

我一时没注意，直接倒在了船尾，抬头正好看到宝塔黑黢黢的入口，入口深处还有些若隐若现的光，影影绰绰。

之前的那一丝害怕跟犹疑竟没了踪影，好像有一股魔力驱使着我上去。

乔月站在我身边，笑眯眯地伸着手："小妹妹，一起去看看吧。"

三

这座塔在湖的正中心，平日鲜有人来，与满是青苔的塔外不一样，塔内很干燥，地面一丝积水都没有。湖面上的水灯从镂空的塔窗透了些光进来，暖融融的，混着月色，带着一种安抚人心的力量。

我松开紧紧牵着乔月的手，发现塔的四壁上画了些画。

根据地方志记载，两座母塔是隋炀帝修建大运河时一并修建的，做观光用途，唯有这一座小塔，清后期一夜间拔地而起，不知道出自何人之手，便有了男女塔有私情生小塔这一传闻。

本地人信神灵，不敢随意亵渎，外地游人很少知道此处，即便知道也因上塔不便而止步。久而久之，当地政府便将这几座塔当本地风物保护起来，误入塔者需罚款，更是没有人踏入塔内半步。

本以为塔内必会很脏，想不到不仅地面清洁异常，塔身也一尘不染，我细细抚着墙壁上的画作，这些画痕是用某种工具刻在墙上的，而后用特殊颜料染成，因为年代久远，燃料渗入墙壁，与墙融为一体，看起来，这画好似不是人为画的，而是自墙壁内部渗出的宝塔自己讲述的故事。

"这墙上画的是这三座宝塔的来由。"

乔月抚着墙壁，出神地看着墙壁上的画，向我道出了传说背后不为人知的故事。

隋末年间，隋炀帝下扬州游玩，在扬州碰到一位美貌少妇，隋炀帝欲收入后宫为妃。少妇贞洁，誓死不从，隋炀帝遂记恨她的夫君。

隋炀帝命他夫君以一人之力修建宝塔，于限定时间内必须修建完毕，否则，便赐死。

少妇不忍，欲从隋炀帝。

夫君却立下军令状，宁死也不以妻子的清白换苟且。

当时恰逢梅雨季节，连天大雨，夫君冒雨建塔，妻子整日守在夫君身边，不离不弃。此举感动上苍，一时之间晴空万里。

丈夫如得神助，白天完成宝塔的一半工程，夜里，宝塔会相应的自动建成同样部分，这样，终于在期限之内完成工程。

哪知隋炀帝昏庸、暴虐，根本不守约定，见为难他不成，当夜便遣人抢去了他的妻子。

妻子用一把剪刀结束了自己的命，被隋炀帝用一块白布包了起来，扔在行宫门口。

丈夫找到妻子的尸体后抱着尸体去了河畔，投河自尽。

当晚，整个河面光芒大盛，在一座宝塔边又多出一座宝塔。

世人传闻多出来的宝塔是妻子的化身，因之前那座宝塔是丈夫所建，丈夫的灵魂与宝塔结合，妻子便幻化出新的宝塔，永远陪着丈夫。

原先，那两座宝塔靠在一起，隋炀帝硬生生派人移出了数百米，方成隔水相望之势。

纸包不住火，消息越传越广，闹得人心惶惶，隋炀帝派人封口，封锁了消息的传播。

不久，隋炀帝在扬州行宫被杀，这个传说也被彻底尘封在最隐秘的历史里，逐渐被人们忘记。

世人知道的，只是这两座宝塔是隋炀帝修建大运河时顺手所建，以作观光之用。

乔月讲着讲着停住了，我自顾自地继续看。

宝塔有九层，一层的墙壁上也画不了多少，我就顺着石阶往上爬。台阶是石头的，已经被岁月磨平了阶面，反射着清清冷冷的光。

空中有一些小萤火虫，闪着暖黄的光，乔月坚挺的鼻翼在月下像白玉般柔和，好似要与这宝塔、月色融为一体。

一路拾级而上，终于来到最后一层，最后一层讲的是小宝塔。

夫妻两人恩爱非常，只是一直遗憾没有孩子，这一遗憾到死后都存在。

月亮之神感念他们的爱情，便让天上的小童子下凡做了他们的孩子，这，便是第三座小宝塔。

我抚摸着墙壁上的三座宝塔，不禁落下泪来。

不仅仅为他们的爱情，更为他们对子女的期盼与爱。

这对夫妻，即便变成宝塔都生生世世地陪着自己的孩子，可自己父母为何对自己这么狠心，他们如果不爱我，又为何要生我呢?

一双冰冰凉凉的手拭去了我的泪，我抬头看见一双宝石一样的眼睛。

“小妹妹，你可是在想爸爸妈妈?”

我点点头。

“你的爸爸妈妈肯定也在想你，只是他们有很多的苦衷，你一定要原谅他们。”乔月郑重地说。

突然，头顶上空有流星一闪而过。

乔月抓着我的手兴奋地跳起来：“有流星有流星，小妹妹，快许愿，这样愿望就能实现啦!”

我抬头看，一颗两颗三颗……流星雨倾巢而下，驱赶了黑夜，也点亮了灰暗的心胸，我赶紧握手，虔诚地许下愿望。

希望爸爸妈妈能赶快到我身边。

四

回去的时候，家里的时钟指在大大的“12”上，中秋之夜已经过去了呢，这个中秋，我过得一点都不寂寞。

走的时候，乔月把我送到岸边，把小乌龟给了我。我问以后还能不能来找他玩，乔月笑笑，没有说话，然后转身撑着船，片刻，他的身影就被黑夜吞噬。

我那时才发现，原来天这么黑，有些发怵，赶紧回来了。

我把小乌龟放在水盆里，小乌龟从壳里探出头，小小的眼睛隔着玻璃盆认真地看着我。

小时候妈妈给我讲过灰姑娘的故事，辛德瑞拉过了十二点就会从王子的舞会上消失，那乔月是不是辛德瑞拉男孩，过了十二点，就消失了呢?

我呆呆地想。

不过，还容不得我酝酿太多的怀念，爸爸妈妈第二天就回来了。

我睁眼的时候看到妈妈坐在床头还以为是做梦，使劲揉了两下眼睛，才一把抱住妈妈。

妈妈也边轻抚我的后背边落泪。

一旁的爸爸有些愧疚："潇潇，你快长大了，爸爸妈妈想多赚些钱给你，所以疏忽你了，妈妈前几天想你想得睡不着觉，我们就坐了几天火车赶回来，昨天中秋没赶上，爸爸妈妈跟你道歉。"

"没事，没事……"我趴在妈妈怀里泪眼婆娑道。

原来，爸爸妈妈一直是爱我的，辛苦也是为我攒钱，没准时打电话是坐了几天火车回来，我还有什么理由抱怨呢？

"爸爸妈妈已经在大城市打点好了，过段时间学校安定下来就接你走。"

妈妈抹了把泪。

喜悦之余，眼前有张模糊的脸一闪而过，月色寂寥，三座高耸的塔静静地伫立在水边，水面上印着一轮橙黄的月。

后来，时光随着家里的那座老式挂钟一分一秒地流逝，乔月，再也没有出现过，他就像夜晚落下的露珠被清晨的霞光蒸发了，找不到半点踪迹。

我跟无数人打听过他，也在数个夜晚坐在运河边等了很久，他却始终再没出现。也许，是他跟着爸爸妈妈走了，也许，他真的是从月亮上走下来的，带给我最寂寞年华的一个温暖回忆，然后重新回到了天上。

唯一可以证明他存在过的痕迹，就是那只小乌龟了吧。

一段时间后，爸爸妈妈如期把她接走了，至此，我告别这个小城，很少回去。

某一年中秋，爸爸妈妈带着我回来看望病重的爷爷，我在老式书柜上看到了水盆里的小乌龟，彼时，小乌龟已经长大了，背上青色的条纹刻满岁月的吻痕，像远古部落的图腾般神秘。

我看得痴痴的，想到了墙壁上那些工具雕刻出的神秘画作。

离开那年，我本打算把小乌龟带走，但是长途跋涉实在不方便，只得作罢。后来，它就跟爷爷奶奶生活在一起，他们把它照顾得很好。

奶奶不久前去世了，寂寞的爷爷渐渐把小乌龟当成了寄托，整日同小乌龟说些悄悄话，我便彻底打消要带它走的念头。

我静静地站在书柜前看着小乌龟，小乌龟的爪子不停地挠着水盆，好像想要用爪子抓住什么东西。

沿着它的小爪子看去，那是一本泛黄的古书。

有点眼熟，如果没记错，这本古书里应该有个东西。

我捧起那本泛黄的书开始翻页，果然，在最后一页发现了两张黏合的纸，我用刀小心地裁开纸，一张纸片预期中地轻轻滑落。

我捡起纸，像捡起溜走的那些旧时光。

纸上斑斑驳驳，满是泪痕，扉页写着两个触目惊心的大字：遗书。

尾　声

那年，我被老师罚站，当着全校同学的面写检讨书，因为我考试次次不及格，父母却从未出现过，也不签字，倔强如我选择沉默，我不想因为没有父母而活在同学异样的眼光中。

老师只当我是不学无术的叛逆少女，所以一点儿都不留情面，罚我站了一个下午。

那天正好是中秋，放学的小孩路过我身边都在讨论父母做了什么好吃的，只有我，回去之后空空落落的一个人，只能对着月喝两杯清凉入肺的水。

多年来父母缺席的生活让我逐渐患上了抑郁症，那天放学，我原本是想去河边跳河自尽的。

而踏月而来的少年，突如其来地闯进了我的生活，在我生命中最低潮的那个夜晚，陪我在流星下许了个愿，至此，带给我源源不断的好运，我再也没有那么消沉过。

我捏着那张泛黄的纸，想到当时边写边哭的场景，轻轻地将那纸撕碎，就像撕碎那些年无人可说的苦涩心事，薄薄的纸一片一片地落下，盖在了古书上，盖住书页正中心那一行行端正的方正小楷。

被盖住的字下，其实记载的是一个关于小宝塔的衍生传说。

这个传说，正好被我与遗书黏在一起，黏了很多年。

传说如下：

传闻，宝塔有其灵，尤第三座小宝塔，乃孕天地之精华所生，生而得人形。

宝塔之灵有善心，逢八月之中，于其出生之时便幻作人形，前来保护欲寻短见之人。护生灵之孤寂，免于心魔之入侵。

曰，此塔实乃月之神，因常年幻作桥下月影，又号桥下月神。

世人谓之，乔月。

第二篇

一生一代一双人

——爱上生活

两种伟大

若干年前，泰戈尔说，如果你因失去了太阳而流泪，那么你也将失去群星了。

更久更久的以前，一位叫仓央嘉措的达赖喇嘛也曾借着佛的口告诫自己，不要只盯着这个季节，而错过了今冬。

或许是一种缘分吧，我竟同时读到了这两句小诗。

初初发现它们如此相似时很是吓了一跳，速速翻阅两位作者的其他诗作，亦发现了很多的相似之处。

譬如文风，譬如格式，譬如意象，譬如感情。

或许是出于一种狭隘的民族心理，我甚至恶劣地想着，这会不会是那曾获得诺贝尔文学奖的大师“借鉴”了咱们的痴情和尚，毕竟，泰戈尔比仓央嘉措晚生了两百多年，我有此种感觉着实正常。

心惊之下，不免细细咀嚼一番，才发现，入口味道相似，细品之下，余味却迥然。

泰戈尔白髯飘飘，眉眼深凹，看透世事的淡然，让他在感慨生命无常之余，远离尘世。他的一双慧眼让他洞悉一切，但同时他却又无力更改，所以他淡淡地惆怅着，浅浅地忧伤着。文字之于他，是穿梭宇宙各处的时光隧道，他的身从不逃离这紫陌纤尘，但他的心却是处于尘世之外的。

而仓央嘉措，这个“世间最美的情郎”，虽清醒地知晓，缘起即灭，缘生已空；虽明白地了然，一个人必须要放下，才能得到自在。但是，他没有一刻放下，他执着地不停歇地寻找那份内心的企盼。每次求而不得，他就如一个受伤的孩子，躲在佛的怀抱里舔舐自己的伤口，用“勘破、放下、自在”来自我安慰。可伤好之后，他会再一次执着地寻觅于尘世。

我所指的尘世，是爱情，是内心的那份执着。

仓央嘉措的执着，只是为恐，别那倾城。

其实，我更欣赏泰戈尔的旷缈，时间空间于他眼中从不是束缚，仿佛只是弹指一挥便能穿透沧海桑田。这，是一个智者，亦是一个强者。

可是，当看见他，当看见那个世间最伟大的情郎，看他虽神情虔诚地闭目在经殿，却于香雾中，蓦然听见心中人吟诵的真言。

看他执着地摇动所有的转经筒，不为超度，只为触摸到心中人的指尖。

看他肃穆地磕长头匍匐在山路，不为觐见，只为贴着心中人的温暖。

看他终其短短一生，转山转水转佛塔，不为修来生，只为途中与梦中的她相见……

读他的诗，看他的心。

一字字，一句句，像一首哀切的歌。他从不吟唱，他就那么看着你，你看到他的眼中千山万水，那一刻，你会知道，什么叫心动，什么叫心疼。

泰戈尔与仓央嘉措，一个似海般博大浩渺，一个似古井般多情深邃又寂寥。

一个是洞察世事、睿智精明的智者，一个是诵经念佛、怕别倾城的情郎。

他们从不同处出发，却到达相同的高度。

这个高度，你我，只能仰视。

一直奇怪，为什么大家的文字都平淡若水，丝毫不见华丽。

后来才知道，上善若水。

大到恢宏之处，便成了浩瀚，便隐了踪迹。

深到无底之时，便成了平静，便无了波形。

伟大，竟是以同种姿态呈现的。

忆起一个人

此人，名余曰正则，字余曰灵均。

他既有内美，又重之以修能；他是那位伟大的爱国主义诗人——屈原。

说实话，我并不太待见他，总觉着一个男人，一天到晚自比于什么香草美人，披着江蓠系着白芷，还编织秋兰佩戴在身，缺少点男子该有的那种味道。

本不想妄加评论古人，但我并未诽谤这位伟大的先人，只是借故想想今。

暗自觉得，他是一个极度脆弱又极度自恋的人。

自恋这一点，读过他诗的人估计都会感觉到。

或者，也许并不能说那是自恋，毕竟年代久远，单凭几句诗就在性格上下定夺未免有些草率。但不管如何，他那种完美主义的倾向却是怎样都掩盖不了的。

他说众人皆醉我独醒，他说举世皆浊我独清。

但凡最初的真理，都是掌握在少数人的手里。

但凡世间的公道，却都是在多数人心中的。

很多时候，不是别人错了，而是你自己根本没看清。

相信我，如果有一天，全世界的人都反对你，那，还是妥协吧，

因为，很大的一种情况是你错了，而很小的一种情况是他们错了。

况且有很多种选择，并不能单用一个对错来衡量。单单是于你个人，值不值得而已。

但是，请你相信“人多力量大”这句话，正如你要相信“三人成虎”“众口铄金”一样。

请妥协，人生在世，难得糊涂。

若誓要争个出头，最后只会伤痕累累，连鱼死网破都够不上。因为那一层层巨大的关系网，根本不是你一个人能撞破的。

还是那句话，能改变他人的人，是伟人；能改变自己的人，是强者。

屈原执着，在他的时代里，落了个自沉湘江的下场。可好在他还是个伟大的文人，在世时虽未能改变当代的人，逝后却是时刻影响着后世之人的，他终归还是伟大的。

可是我们普通人并不能做到像他那样，置之死地而后生也是需要勇气、运气以及才气的。

很久以前，屈原是我的偶像。很久以后，陶渊明成了我羡慕的人。

陶渊明并未磨掉那一身傲骨，但他懂得如何退让。他是那个既

得了现世一生清明，安然终老，又有着后世夸赞的明智的人。

我愿采菊那东篱之下，我愿摘得那桃花去酒家。

我是一个普通的女子，我从不知如何入世，如有一天，我也到了众人排挤的地步，我不会多作怀疑。因为我就是这样格格不入的人。

但是，该怎么办呢？我真的好想好想追求平凡的幸福，好想好想做个淡淡的女子。之所以反对屈原，是觉得他牺牲太大，这样的牺牲，只为唤醒一帮甘愿堕落的人，让人心疼。

而之所以欣赏陶渊明，是因为我根本无从效仿。

我还是磨掉这一身傲骨，为好。

如此而已，不做强求了。

极尽谦卑，则近伟大

泰戈尔说："We come nearest to the great when we are great in humility."

当我们极谦卑时，则几近于伟大。

六级成绩不好，因着前途考虑，想好好准备再考一次，故，奋斗于历年真题中。

本来昏天黑地，子丑寅卯也无甚太大感觉，只埋头就是，老外的语言，天生少了分亲切感，也就没有乐在其中的动力了。

其实，从以上的话就可以感觉到，我是一个还挺排外的人。偏袒自己的东西，偏袒得毋庸置疑，偏袒得理直气壮。但是，今天读到了一篇文章，让我不得不在偏袒之余思考一些事情。

这是关于爱因斯坦的一篇英文小文章。

爱因斯坦何许人也，恐怕没有几个人不知道，哪怕黄口小儿都能蹦出"相对论"三个字，姑且不懂，口耳相传却也是毫不夸张的。可就是这样一个人，却谦卑得几近到尘埃里。关于他的轶事不胜枚举，比如和卓别林，比如和他妻子，但无一不可看出他的低调谦虚。

不说中国“填鸭式”的教育方式，不说中国种种不好，因为这些自会有一大堆中国人出来抨击，还轮不到我。但有些东西，却真的想摊出来，只为着在发霉腐烂之前晒掉那份湿气。

我想，很久以前有一则新闻，说是一个三岁的釜山女孩在数分钟内被两辆车碾压了三次，而十几个穿行而过的路人熟视无睹的情况，在网络发达的年代，可能已经很少有人记得了。

并不是要说什么谴责的话，只是搞不懂一个问题。

想问问，为何中国人骨子里数千年的奴性、嫉妒、自私……无一个改掉，而单单那份友善谦逊却不见了。

礼仪之邦固然是礼仪之邦，但那仅仅是对同等阶层的人，仅仅是对所谓的国际友人，仅仅是呈现在人前的伪装。私下里，对着我们那些可怜的族人，我们要多冷漠有多冷漠，要多自私有多自私，谈何礼仪，谈何谦逊。

不想谈什么学术界攀比风盛行，浮躁风成片，那些，大家都了解。

攀比乃人之常情，偶尔一丝浮躁也无可厚非。世上本就有很多事是双面的，只要把握好那个度，万事都可成为奋发上进的动力。

但有样东西，却不同于任何一种感情，它是再多都不为过的。

我说，谦逊是万般美德的源，你同意不同意？

那是一种将自己匍匐到尘埃里安静执着的姿势，那是阅尽浮华依旧淡然的心境，是视荣华于无物的超脱。只有将它深埋于胸中，才能潜心去做点什么，正是“无心成佛，佛陀自来”吧。

也只有这样，才能对生命发出由衷的敬佩，无论那是何种生命。

爱因斯坦是个音乐爱好者、数学好手、哲学伟人、物理天才。

我向来不觉得一个浮躁的、带着功利的心能学到这般。定是他低到尘埃里的姿势，使他更好地仰视宇宙的全局，使他窥视到万物的奥秘。

自以为是的人类啊，其实，你们是最无知最可怜的。

若是改不了骨子里的那份自大，那份对于微小生命的不尊重，今后，将永远也出不了那么一个伟人。

神，请原谅我也是那些愚昧之人中的一个。

但是，感谢你给了我感悟的能力，我将像那白云般谦卑地站在天边，等待晨光给我披上壮丽的光彩。

男女本不同

今天与他谈到安意如，他依旧有隐隐的不喜。

想起这段日子，自己把安意如几乎所有的书都看了，从最初的《人生若只如初见》到后来的《惜春记》。

是能感觉得到文字中，她心境的变化的，亦能体会到文字里她散发出的那份清醒与尊严。这个得了脑瘫的女子，总是用她那份独特的睿智感染着我。

其实她的文字风格不尽相同，比如《人生若只如初见》中的洞彻却无奈，再比如《惜春记》中华丽里的颓败，又比如《美人何处》中的幽美并怜爱。

我最是喜欢的就是《美人何处》，读时好似慢慢打开一幅幅美人画轴。每个美人都有一段自己的故事，或感人，或动情，或金戈铁马，或烟雨蒙蒙。不论是哪种，我皆于淡烟暮霭中，细细品读那份藏于历史深处的忧思，任那份缥缈拂面萦绕。

仍旧是那般记事手法，仍旧是那般洞彻世事的睿智，不同的是，多了一缕同为女子的共鸣与怜惜。那份怜惜，不是男子所能给予的，那是同为女子才能唱出的曲调。

写一首林徽因，写出了她于那段风月史之外的清醒与高贵；奏一曲张爱玲，奏出了她藏于史册下不为人知的脆弱与温婉。

我是喜欢她的文风的，她是个女孩子，所以给了女孩子应有的尊重。她以男人的清醒去看透文字之下的真相，她又以女孩子的直觉去窥视真相中的隐情。

她说，不管那两个人是如何的不堪，但她能看到烽火戏诸侯后的一点点真心。

而我，也习惯去追溯最本真的纯粹。

每个人珍重的各有不同，大到男女，小到你我。请教训他的处事方式，但请原谅他善意的初衷。我相信爱本美好，不堪的，只是人心。

给他大肆称赞了安意如的文章，并读了个中几篇，本是想炫耀下这果断决然的真女子的，深以为她是女子的骄傲。

对此，他却不置可否。

我的失落其实在常理之中。

但也不想强迫他同样喜欢，你我本不同，审美趣味自也相异。但是，他说，他不喜这般搬弄古人的是非，况且，读安意如的文章他读不到什么东西。

我想，读文章一定要有所得吗？能有愉悦的感觉即可，又为何要给精神的享受套上世俗的得失，那样的注重得失，本就是对心灵的不尊重了。况且，读什么其实本非重点，重要的是怎么读。

我自觉，读安意如的文章，收获甚丰。

因着她，我对深奥枯燥的历史产生了点点遐思。因着她，心中那份早已存在却不得肥沃土壤以求生存的诗意，终得酝酿。因着她，我开始学着做一个智慧的女人，学着高贵，学着坚强。

也许，凡事都没个计较，只是男女本不同而已。所以，你读不到，而我读到了那于文字下的点滴不凡。

周国平的豁达与纠结

他喜欢周国平的文章。一是出于对我们感情的尊重，二是出于对周国平的好奇，我也开始接触他的文字。

看得并不久，只是读了《人生哲思录》的前几辑而已。但谈到感触，却也有了一点点，故此忙不迭先记录下来，也算是我的一点人生哲思了吧。

先说说他的总体思想吧，我的愚见是，周先生这位上古神兽跟我或者他，甚至是很多人是很像的。

我们都时时看不开，一方面，对生活中不能如意的事情纠结着，但另一方面，我们所受的教育以及开阔的眼界让我们了解，执着于物质、成败和得失是多么不明智的事情。所以我们也会进行自我安慰，自我开解，并且努力地维持着人生的豁达与清明。

老祖宗说过，希望越大，失望越大。

与其满心憧憬、紧张兮兮地做某一件事，不如淡然随心、不去计较后果与得失，那样，也许结果反而比预料的更好。当然，这并不是周老先生的原话，至少，在我读过的他的文字里没有，我只是按照他的思想狗尾续貂了。

这种类似的想法真的是很好，随心做事，兴趣利益双丰收，谁人不想？但细细品读来仍是可以感受到隐于文字下的那份小心翼翼的企盼。我们企盼有一个旷达的内心，同时，我们企盼这份自我不要与外界相冲突，最好二者能相得益彰。终其一生，都想努力找到一个契合点，使得二者相辅相成。

纠结与豁达，并不冲突。避开得失，我们用那样小的概率来到世上，本就是个赢家，剩下的就算单单为了体验一场，也是好的。若能思考，若能有个美妙的忧思，那更是极好。

佛曰：佛是过来人，人是未来佛。

我们每个人，经过了执着与看破，懂得得失之于人生的真正意义，即使成不了佛，也能淡然洒脱地做个智者。

六道众生要经历因果轮回，从中体验痛苦。在体验痛苦的过程中，只有参透生命的真谛，才能得到永生，彼时就如凤凰那般涅槃。

佛门中说一个人悟道有三阶段：勘破、放下、自在。

不管是白发飘飞的老者，还是青丝披肩的青年，在神的面前，我们都是孩子。从无知到探索，到自我与外在的纠缠，再到二者的融洽，我们注定是要历那场涅槃之火的。

周国平眼中的神，是自然。我眼中的神，是自我与外界和平相处的制衡点。那么，你眼中的神呢？

当你逝去，我却心动

窗外的风声簌簌，吹击着月色的寂寥，室友起身关上窗户，风声渐小之余，耳麦里的歌声愈显清冽缥缈。

我坐在靠窗的书桌前，听着宛若来自另一个时空的歌声，那声音纯净，不含一丝杂质，然后静静地敲下这些文字。

说实话，我也不知自己此番是作何解，只是突然有种类似心疼的情绪抽丝而出。它不粗，甚至细到看不见踪迹，却那么紧，紧紧地紧紧地束缚着我的心，让我连呼吸都开始困难。

纵使孤陋寡闻如我，以前也一直听到他的丑闻，比如漂白皮肤，比如亵渎儿童。对他的事情也耳熟能详，比如创造了“抓裆舞”，又比如众所周知的太空漫步。

并不喜欢他，至少到刚才因一首歌而好奇到翻看他资料为止。

而也许，人与人之间的缘分，真的在电光火石间就能如烟花般绽放并永恒不熄的。

就在昨天，听到了他的 *Heal The World*，初听时并不知是什么歌曲，只知那个纯洁而略带忧伤的声音，像个初动情却转瞬失恋的少年，独坐夜幕下，对着星空倾诉着蓝色的忧思与淡淡的无奈。

旷缈，悠远，干净而纯粹，有种无奈且无措。

我想象着歌声中，有一个善良的孩子，被他倾心所爱的人伤害了，却仍旧选择原谅。

挑剔如我，向来向往干净纯澈，一如我追求纯粹的爱与永恒的美那般执着地向往。

故，当我看到歌曲后那个熟悉的名字时，不可置信地怔了片刻。

这首歌是他唱的？那个在我心中只会唱劲爆音乐，以夸张的宣泄来表达他对艺术狂热的偏执的迈克尔·杰克逊？

说真的，我对他姑且算不上了解透彻却也是知道些的。

是啊，谁又能不知道他呢？是好是坏，他是如此有名。

可偏又感觉，那般的受欢迎，终归有些侥幸在。

那样喧嚣的放肆，对于我这种附庸风雅的人而言，始终是难以理解的。

是的，在了解那么一个人之后，我所谓的阳春白雪，只是附庸风雅。

那么一个人，他拥有怒放的生命和对生活无限的热爱，哪怕被世俗误解重伤，他仍能无声无息地爱着这些伤害过他的芸芸众生。

与他相比，我们只是道貌岸然的面具人。

但一开始，他从不解释，那些戴着面具装傻的家伙们，又怎会知晓这些，或者说，又怎么愿意相信这些呢。

与那些成名总在逝去后的画家不一样，他很早就成名，但讽刺的是，人们热爱他的艺术，却攻击他的品行，一直到最后，才终究还他一个清白。

此番，我才知道，盖棺论定是个多么讽刺而无奈的词。

于是，我才听到了他的那首 *Heal The World*，私以为，那是他人格的最佳写照。

多数人对待别人向来心冷，能够只求问心无愧的，就算得上好人了，更别说施舍别人多一滴的泪，多一份的情。

一如我。

可刚才，读着他生平资料时，莫名地就心疼了。

我从不觉得自己有颗博爱之心，只是这个黑人留给人的感动，真的已经不是一星半点。

他是被媒体误解最多的一位艺人，他们说他漂白皮肤。

在媒体的大力渲染下，他被塑造成了一个极度虚荣的人，肤浅无情到连自己的人种都不愿承认。

但从来就没人愿意听他孩子一般的委屈辩白，他说，我患有家族遗传的“白癜风”。

没有人相信他的话，大家都觉得这是个可笑的借口，编撰者甚至愚笨到草稿都不愿打一下。这时，我们都是正义的使者，眼里的别人，只有丑恶。谁又能真正给他一个公正的机会听他辩白，更别说来为他证明。

这些人，也包括他的父母。在利益面前，血浓于水的亲情都仿佛是为了验证人性丑恶的超级试金石罢了。

又有人说，他亵渎儿童，连儿童自己都站出来指正了。

这次，他连辩解的机会都没有了，众人纷纷把矛头指向他，他们咒骂他，唾弃他。

他成了大家嘲笑、鄙夷、衬托自己高雅的对象。

好在还没成人人喊打的过街老鼠。

这一切都得感谢他的歌声，才华不可否认，它是超凡的。

于是，他彻底沦落为一个茶余饭后的消遣者，消遣他丑恶的人品，消遣他脱俗的才华。

或者说，他成了一个被大众利用的牺牲品。

但他一直是个孩童，那么纯真，那么透彻，在他身上，你能看到的，只有他的美好。比如对音乐的痴迷，比如对弱势群体的关怀，唯独没有怨恨，甚至小小抱怨。

对于这个复杂的世界，他单纯热忱地爱着，唯一有的反抗，只是将那些小小的委屈融化在动感的歌里去宣泄。

也许，他还在期待，期待着有一天，这个世界能够懂他。

他等到了，人们终于愿意听他懂他了。

只是，那是在他死后。

在他死后，我们终于知道，他终其一身都在受“白癜风”的困扰。

那时，我们并不会想到，一个站在镜子前对着镜子说“我是个黑人”的人，怎么可能会去漂白皮肤？那个终生致力于慈善事业，关注黑人儿童，是全世界个人捐款最多却从不宣传的人，怎么可能会为自己的人种而自卑？

那些不堪，其实都是狭隘的人们一厢情愿的想法罢了。

在他死后，那个曾经污蔑他的小男孩，现今也已三十而立的钱德勒，终于说出真相，可他却再也无法恳请他的原谅了。

在他死后，他的多少好，他的多少无奈与委屈，他的多少次被亲人抛弃，被有心之人污蔑，被群众误解，终究被人提起。

而这时，谁还会在乎那些，我们记住的永远都是他在艺术史上留下的永恒的经典。

我点开网页，默默地看着他的照片，那么怪诞的装扮下，那双眼睛，却是那么纯澈，如同出生的婴孩，写满美好。

它所散发的光芒仿佛在告诉我，他的主人是个多么善良的孩子。那是个永远长不大的追寻梦想的孩子，那是个受了再大的误解仍旧心存善良的孩子。

或许真的是愚蠢，有时候，很多人那么说了，我们就信了，并且奉为金玉良言，却从来不会用心去看去解读。

或许我们喧嚣久了，一颗心就少了发现真善美的耐心，总说喜欢返璞归真，穷尽一生之力追求世外桃源，可偏偏却总是错过蓬莱仙境。

也好，留一种惋惜于世，才会教会你我，何谓珍惜。

几处相左意见

最近在看周国平的《人生哲思录》。

到现在为止，看得并不是很多，好书是需要花时间来品的，更何况这还是周老先生比较抽象的一个作品，而我又作为一个涉世并不深的学生，是以看得比较慢。

因着记忆力不好，生怕时间一长久就会忘记，所以每有些想法就想写下来。我读得并不完全，也许，会产生一些错误的观点。现下姑且不论了，待发现时再作修改吧。

周国平一直在强调，要做自己。他说，人生做事有随性和利益驱使之分，他一直推崇的是追随本心。

但我却觉得，人生在世，还有责任。

我的经历并不深，还只是个大三学生，但是我也知道责任。

你相信吗？其实我并不喜欢学习，或者说是不喜欢中国的教育方式，但我仍旧可以从小到大都在班级名列前茅，我觉得有个大前提必须先摆出来，那就是，我并不聪明。

事实上，我是因为不想看到父母失望的脸才如此拼命的。

作为他们的孩子，在学习上有必要给他们一个交代，仅此而已。我没有去想什么要出人头地，没有想什么我喜欢学习，而单单是因为，我想给他们一个交代。

除了责任，还有另一个，就是坚持才会成功。

每个人，都应该成为对社会有用的人，何谓对社会有用，就是能够掌握一门改变社会或者至少是改变人类生活的技能，比方手艺，比方思想，再比方技术。而能成为一个成功的人，必须是逼迫自己做不喜欢的事情的。

古语有云，天将降大任于斯人也，必先苦其心志，劳其筋骨，饿其体肤，空乏其身，行拂乱其所为。

《异类》上曾经有一章专门讲过，任何一个成功的人都有一个相似的数字，那便是 10000 个小时，10000 个小时就是要不间断认真练习 10000 个小时，所以你就知道，为什么是笨鸟先飞，为什么有勤能补拙。

要想成为一个有用的人，必须耐得住寂寞，控制得了欲望，最后才能从中有所收获。

有些东西，真的不是只顾自己的心就行的。

我们必须得有成功的觉悟，然后布下一系列天罗地网，再必须要天时地利人和，最后，成功才会如愿成为瓮中之鳖。

既已生在了这片茫茫红尘中，就要做好面对人生百态的准备，这百态，包括社会，包括他人。我们在任何时候都不能自私地只想自己，而要更多地考虑自己的社会性。

诚然，我很喜欢周国平的思维方式，也对他的观点相当赞同，更是一个老子的忠实拥簇者。只是，想低低地请教一下，是不是提一下责任会更好呢？

有句话叫，身处陋室，心存高远。虽与本文无甚关系，但拿来引出下一个陋见也还是行的。

从他的文字里，我可以读出，他很是不喜现在的高楼大厦，觉得那是隔绝人与自然的壁垒。而我却觉得，这是社会发展的大方向，无法去要求去抱怨什么，对于身处其中的我们，如何改变，如何在这种大趋势下做好本真，保持自我才是重点。

古语有云，小隐隐于野，中隐隐于市，大隐隐于朝。

一个真正认清自己，不畏将来，不惧过去的人，是不会逃避的，而应该更积极地去面对暴风雨，以及高楼林立的城市中的危机。一个人给自己的定位不一样，那么他的作为也不一样。

我们应该在内心深处构建一片自由的桃花源，也应该让自己顺应潮流，符合社会发展趋势，然后再变得强大，能够逆流而上，寻找更高的意义和价值。

马克思是伟大的社会哲学家，但是，他研究的哲学大都是关于人类发展的，而人类一旦发展，必然会面对一系类的科技改革、生活变迁。高楼林立，真的不是我们所能改变的，那是必然。关于这点，还是正确认识的好。

如果你的心中有一片洁净的桃花源，又怎么可能时时在乎身处闹世呢？

我在历史的夹缝中踽踽独行，只为追寻你一个渐行渐远的身影。

午夜梦回，你有没有渴望着的事？你有没有放不下的人？

我想，终归是有的。

人生在世，我们终归是有什么得不到而想去追寻的。可能你有不达的愿望，可能你有不及的爱人。身为人类，强大的自尊心不容许我们落后，是以，我们终其一生都在奋斗。而奋斗，总不可能是慢慢悠悠的，那是一种令人血脉贲张的激情，也是每个人年轻时所必经的路程。

他说，忙碌是一切焦虑之源，我是不同意的，如果忙碌真的是一切焦虑之源，那么清闲呢？清闲又是什么？

可能，我是一个天生劳碌命的人，受不得整天悠闲，总觉得那样会让人产生人生了无生趣之感，从而心生厌世情结。但是我想，仅仅是我一个人这样吗？当你看到别人为了理想奋斗，为了亲人努力，而你还在优哉游哉地随心所欲时，你有没有哪怕一丝的焦急？

只是中国人向来崇尚中庸，凡事过犹不及。自认为，取七分忙碌三分悠闲恰如其分。

看过一种人，跟你打个电话都是急急忙忙的，他刚说完他的看法，你还没来得及发表见解，他便“啪”一声挂了电话，生怕你浪费他们一分一秒。平时走路都是低着头埋头往前冲的，做事从不懈怠，每一分毫的落后都会让他懊恼半天。

这种人，我无法反对，但毫不赞同。那种行为更像是一种心理强迫症，一种由现代社会的快节奏而衍生的产物，而不是充实的忙碌。

抬头看天，低头走路，冥想每一个让你感动的人，走遍心中的每一个角落。静时，能闲数落花，静看流云；忙时，能忘却身外，废寝忘食。岂不美哉？

我习惯慢走路，细嚼食，静心读书，清心写作。但同时，我也乐于急速奔跑，通宵赶稿，两耳不闻窗外事地学习。

并不敢说我的生活方式就是对的，但至少，我的身和心都没有不满。

万物唯心

佛语有云：随心、随缘、随性。

我是一个很没有安全感的人，总想藏在他安全宽大的怀抱里，仿佛这样才会安全般。

可很多时候，我们都是要顾及别人目光的，因为一不小心就会有人给你扣上一个“影响公共”的罪名。

学校处于大江以北，略有些荒凉。设施也一般，不似那些有小资情调的大学般有恋爱基地。我是个很孤独，又很怕孤独的人，每次走在路上，都几近缩在他的怀里，坐在教室的时候，也时不时望他一两眼。

因着这样，已遭遇不少糗事，今天，就遇到一件。

吃罢晚饭，邀他去食堂坐会儿，因见着晚饭时间已过，食堂人数几近寥寥。又因感念他宽大的怀抱，遂坐于他的腿上，伏于其怀中小憩片刻。突然，一仁兄跑到我们跟前大声说：“请注意公共影响！”

初时，我并不知道那位仁兄说的什么，也就没甚在意，待看见抱着我的他憋得通红的脸才回味起，顿也一脸尴尬。彼时，坐在他腿上的部位是动也不是，挪也不是，难受至极。许久，才调整好自己的情绪，佯装一脸淡定，从他腿上挪下，心里真是又羞又愧，又满是耻辱。

我很是承认自己的不对，公共场合注意影响，这一直是我熟记于心的一句话。但是，我这一生甚是讨厌的，其一是“组织”，其二就是“公共”。不为别的，单单是因为自己着实是个不太合群的人。

古人常说，人多力量大。但也仅仅局限于力量，有时候人多了，智商与做事效率反而会下降，就是因为受那该死的群体的影响与限制。当然，这儿不能把我的不合群与不善交际混为一谈，交际的作用不容小觑。对错不论，我所理解的，“群体”倾向于做事的方式，而“交际”应更符合为人处事的方式，此处不做赘述。我所知道的，虎豹之类的猛兽是独行动物，而羊鹿之流却是群居动物，显然，你会说是羊鹿比较弱，群居可以自保，而虎豹很强，是以可以独行。但你说，有没有可能是羊鹿因着独行而越来越弱了，而虎豹只能靠自己反而愈发变强？

扯远了。我只是想说，时时与群体在一起，有可能会互相依赖，从而产生懈怠心，反会影响自己的发展，而群体由于互相限制也有可能停滞不前。可能有点危言耸听的味道，但仅仅是可能，不用与我的观点太过计较。

真的挺反感什么都要套上“公共”“组织”的。

明明，父母可以对自己儿女说“你要好好用功给我脸上长光，要多赚钱，给我养老”，而不是说“你要光宗耀祖，光耀门楣”。

明明，长官可以对下级说“你要多杀敌人，打赢这场仗，好让我接受封赏与赞美”，而不是说“你要为国为家，保卫自己的家园”。明明，愤青们可以说“你们不要让我看到你们所拥有的，我嫉妒”，而不是搬出一大套于国不利、于人不好的话当打击别人的借口，表面上正义凛然，实际上不仅伤害了他人，还暴露了自己因极度渴望而变形的嘴脸。

佛语有云：随心、随缘、随性。在不打扰别人的前提下，我小小地随了一下自己的心。应该不介意吧？如果我的小小的随心真的影响到你了，那么请你和善地、诚恳地与我提出来，而不是大声地嚷嚷出来。

我想，我会很感谢你的。

本来，今天想就这件事谈谈另一些感觉的，比如：别人的话，好好听，对则接受并改正，错则会心一笑，不逞多问。但不知为何，写着写着，就悲愤兼羞愧俱难平了，也是我不够看得开吧，人生在世，难免迷茫，我们终其一生，都在努力改变。希望有一天，我能够既随了自己的心，又兼顾了你的心。

看山不识山，看水不是水，这是现在的我吧。

也许很快，也许很久，也许终生亦不达看山仍是山，看水仍是水的境界，谁知道呢？

谁的青春不年少

我戴着草帽，骑着小车穿行在北京西路的梧桐树下，知了有一声没一声地此起彼伏，我叼着打着童年旗号的老冰棍，呼哧呼哧地顶着烈日赶去单位。

路过的南艺还在放暑假，校园周边一片人群寂寥，零落几对情侣，面带倦色，骄阳之下，谁也不比谁的步履更匆忙。草场门老街的交通很混乱，路人行色匆匆地赶向各自的目的地，偶尔交叉而过，人流中涌动着社会的躁动的气息。

红灯很漫长，我停在十字路口边数数，人很多，人很少，人与人之间，谁又悲喜着谁与谁的不一样。

我扶着车龙头，脚尖垫地，眯着眼睛看向天边被薄日印成金色的浮云，唇边的冰棒残留的清凉气息如一股风吹起，将我带回了十八岁那年的一个炎热午后。

那时候的我还是爱穿白裙的校服少女，乖巧的外表下藏着一颗跃跃欲试不安分的心，低头匆匆走过校园的小树林时，总习惯瞄一眼拐角的秋千是否空落落。

整洁的校园满是荷尔蒙躁动的气息，身边路过的男孩女孩青春洋溢，裙角飞扬，脚踏车上洒落的欢笑点亮了初夏的风向。

有时，离下午上课还有些时候，而我又恰好没有容身之地，辗转流连之余，便发现一个好去处，那便是跑去学校门口的奶茶店发呆。

我坐在店里的高脚凳上，看着街边被烈日炙烤的柏油路，蝉鸣一声接一声。

现实百无聊赖，未来遥遥无期。

奶茶店的墙上写满了爱的宣言，我一张一张认真地看，花朵一般的折纸上满是年少轻狂的承诺。那时的自己觉得全世界都在窥探自己的小秘密，小心保守，生怕一不小心就泄露。

也是奇怪，看了那么些年，竟然没有见到一个熟人的名字。跟有缘人在一起，世界那么小，跟无缘人在一起，我们那么小。

那时还联系的朋友，多已各自消散，考研、出国、结婚、工作，天各一方。久而久之，有了各自的生活，于彼此的象征，就变成了好友栏里再也没亮过的头像。

后来喝过很多奶茶，街头巷尾，每到一个新的地方，总喜欢追寻街角巷头每一个独特的小店，却再也找不回当时的味道。

前几天七夕，看到满屏的领证晒娃，上了发条的大脑突然就停下来了，往事一幕幕回放，像是年少时窗边的风铃声，明明已经消失了很久，却仍音犹在耳。

那时觉得再寻常不过的东西，一度曾深埋于记忆底层，阀门的转动有一个正确的方向，一旦触及，奔涌而出的记忆之泉便再也停不下来，哀愁的情绪生生将我淹没。

时间像条鱼，摇摆而过，待你蓦然回眸，它远得你连尾巴都抓不住。

高中最好的朋友之一七夕那天领了证，如花的笑颜，仿佛还是昨天相约喝奶茶的我们。每逢周末，便披散着从不许放下的秀发，穿着平时决计不许的自认为最花枝招展的衣服，捧着杯奶茶，在校园里牵手闲逛。谈未来谈梦想，谈某个浪漫的一回眸，然后为各自的大胆叛逆相视而笑。

在我的记忆里，那笑堪比阳光更明媚。

四月晴朗的天，明媚而不耀眼的暖阳，耳边情人的手轻轻抚摸而过的风，记忆里的十八岁没有少年郎，没有忧虑，没有生活的无奈悲伤。

那一排的课桌上趴着的不知是哪个熬夜的少女，那一年的大雪不知迟到了谁家赶去上课的姑娘。

老师从窗外偷偷探视的眼，我们闹腾着抢“禁书”的忙，谁喜欢男一，谁又被男二动了心房。我们多希望自己是书中的女主角，可以车祸，坠崖，一举穿越五千年，遇见王子遇见真爱遇见大千世界的纷繁各种不一样。

可是生活是那么的平凡，普通到一只久违的萤火虫都能让你新奇到另一个世界。

那时候的我们寂寥地数着天边的星，说着减肥吃着油炸，谈着陆小曼林徽因徐志摩张兆和杨绛。

于我在夜色下空想的姑娘至今仍远在他乡，前些天我们共同的女神恋爱了，单身了十几年的“灵儿”，突然被十几年前的“俊熙”哥哥抢走了，她失落地问我做何感想。

我想了想，我其实一点都不心疼被抢走的女神，我只是心疼我们失去的青春，心疼你这么多年来一个人独自追求梦想，于异国他乡打拼的辛酸。

月色下，可还曾有另一个人陪你一起谈未来谈理想谈才子佳人？

谁的青春不年少，谁的人生不迷茫。

散落在各地过着各自生活的你们，一直是我心中最珍贵的回忆。

果壳里的生活

闹钟声音响了，是很难听的重复铃铛声，我烦躁地伸手按掉，然后看到了墙上的时钟，7 点 20 分。我该起床了，不然得迟到了，潜意识划过这个念头。

迟到？那可不行。

我伸了个懒腰，想起床，浑身筋骨舒展的快感令我有些忘我，一不小心碰到什么东西，我的胳膊被狠狠地撞了一下。

手忙脚乱地扶住差点被我碰掉下去的东西，一边看过去，原来是床边的台灯。

我把台灯扶正，许是还未睡醒，又许是空间太拥挤，迷迷糊糊间又碰翻了别的东西。

玻璃杯与地板相撞的声音，一声脆响，我彻底清醒了过来。

在把垃圾扫净之前，我揉揉眼睛，尽量让自己别碰到地上的玻璃屑。

注意力倒是集中了，可是注意力集中也不行啊，拖鞋离我有一米远，我压根就够不到，拖鞋与我之间横亘着一地的玻璃渣子。

现下，我陷入两难，要么不下地，要么被扎破脚。

不行，我不能坐以待毙，我暗暗看了一眼四周，想着有何办法可以安全脱离危险地带，摆脱这种境地。

房顶很低，低到我一伸手就能够到，我还因为想增大空间利用率，在房顶上挂了各式各样的日用品。房间很窄，窄到放了一张床、一个衣柜、一张书桌、一个凳子就难以容纳一个人转身的空间了。

像是有一个很快的镜头对着我拍摄，然后镜头飞快地扫视了一圈，最后定格在我身上，你会发现，我在卧室的生活基本上就像是一条被包裹在球里的虫子。

连翻身都困难。

霍金曾经写过一本书，叫作《果壳中的世界》，深以为再形象不过，我霎时就想到了这个词，对，果壳。

我现在的生活就是如此，死水般波澜不惊，扔块石头都发不出一声响，改变更是无从谈起，仿佛这一切被一个坚硬的果壳包裹住了，连舒展拳脚都困难。

果壳里死水微澜，果壳外又充满变数，你时时刻刻都在心惊胆战，你不知道哪一秒，果壳又滚到了哪个危险的侏罗纪，又是哪只巨大的恐龙横冲直撞地跑过来，眼睁睁地就要将你的小世界碾压。

你要自救。你必须打破常规，必须挑战自我，必须时时刻刻都警惕，哪怕果壳里的安逸再具有欺骗性，你也要从靡靡之音中清醒。

在这危险的世界，你绝不能被温水煮青蛙了。

最后，我从屋顶上扯了几条厚厚的毛巾拨开一地的碎玻璃碴儿，然后还是不放心，将毛巾垫在脚下，才敢小心翼翼地踮着脚尖跑去找我的拖鞋。

穿上拖鞋的时候心里一阵安全感扑面而来，包裹住我那受惊过度的小心脏。我终于可以逃离这个地方，想去哪儿就去哪儿了。

嗯，在我还没豪情壮志完，便一头从思想的天空中栽了下来，因为闹钟又一次响了，我骂了句“shit”，要迟到了，看来今早早饭吃不了了，急急忙忙地拾掇衣服，然后出去赶公交车。

我看了眼柜子里那套花了半个月工资买的连衣裙，又看看窗外瑟瑟的寒风。

哎，心心念念着女人要对自己好一点，然后吃了一个月泡面终于咬牙买下的心仪的衣服，竟然连穿都不能穿就进了衣柜。南京的冬天果然如传说中般地爱上了夏天，还吓跑了夏天。

再然后呢，再然后我就再次成了身无分文的穷光蛋。

所以穷光蛋不能迟到啊，迟到是要被扣工资的，而下个月我最好的朋友结婚了，我想送她一瓶香水。

那时候我们天天黏在一起，她跟我说她好想长大，好想穿着礼服，牵着王子的手参加晚会。我豪言壮语地说，行，我要送你一瓶香水，让你变成那朵最娇艳的花，然后一群狂蜂浪蝶绕着你翩翩起舞。

说完，我们都哈哈大笑起来，怀着无比的期冀，一头埋进了高考题里，耳边传来老师诱惑的声音，考完了你们就可以解放啦。

公交车上的味道有些重，有汗味，但更多的是韭菜饼味。我循着味道望过去，是一个穿着校服满脸痘痘的小男孩，身边坐着一个小女孩，不知说了什么，逗得小女孩笑得花枝乱颤。

生活的谎言总在继续啊，你听过了，还有别的人要听。但有什么办法呢？哪怕知道是谎言也要努力相信啊，不然你会连坚持下去的勇气都没有。

嗯，就像我一直在相信一样。

或许，哦，一直到我看到好朋友那脑满肠肥的老公还在自我欺骗吧。

这是王子？

也许他有王子的内在也说不定。

我颇为有涵养地没把这个疑问问出口，然后真心地夸我闺蜜是最美的新娘。

每一个新娘都是最美的，哪怕我并没有送得起范思哲的香水，她依然香得像那朵开的最旺的花。

闺蜜赶走了嘉宾，看着我的眼睛，认真地问我，你是不是觉得我很丑。

不，你最美，我无比诚恳地说。

那你觉得他丑吗？她着急地问我。

我迟疑了三秒，然后她就垮了，眼泪吧嗒吧嗒往下掉。我真的没办法，我太累了，他能让我的生活不那么累，他能让我过得广阔点。

是的，就是这个词，广阔。

可是……我没可是出口便被她严厉地制止了，她狠狠地擦了泪，凶狠地瞪着我，你别说话，从小你就是乌鸦嘴，说出的话我都不爱听，听着，今天我大婚，你别说话，别坏我心情。

我委屈地撇撇嘴，其实我只是想说，他只是胖点猥琐点，不算太丑吧。

好吧，我确实是乌鸦嘴，其实我还是好奇，生活广阔了，心就会广阔吗？

所有的生活不广阔其实都是来自于内心吧。

在我还没安慰完我自己，我就妥协了。

当然，生活的不广阔显然也会影响到内心的广阔度，我嘴角抽了抽，然后看着别的宾客从这家豪华的饭店外潇洒地开车走了，而我，从口袋里摸了两个钢镚儿，跑了好远，累得气喘吁吁地去赶公交车。

还好，还能赶上最后一班。

坐在公车上，想起那个进去就像缩在球里的小家，想起即便受了挫折想远走天涯，还是得为了生计朝九晚五的工作，想起那么多的内在难伸展以及外界不确定，路边的景色往后倒退，像被我狠狠倒掉的坏心情，倒是渐渐看开了。

哎呀，不好，坐过站了，回过神来的我一个人呆呆地坐在空无一人的车上，车停着。

得，还得下车等回程的车，我就说不能乱想。

我垂头丧气地找站台，然后又摸了两个硬币，今晚的晚饭钱没了，我郁闷地想。

不过，生活还得继续啊，就像莎士比亚曾于哈姆雷特的口中傲然地放出的豪言壮语：我即使被关在果壳之中，仍自以为无限空间之王。

生活如此无奈，你我只能咬牙坚持。

一个人的旅行

白色墙壁上的黑色彩屏电视默默地播放着各种惊天动地的故事，深色沙发里的我将自己缩成小小的一团，静静地喝着咖啡。

窗外的雨滴答滴答地落下，溅起的水花在玻璃上四处飞散开，像一个个天生的舞蹈家，裙裾飘扬，舞一曲，然后退场。

退场之后去哪儿了呢？我呆呆地想。

请原谅我的思维有些混乱，因为我目前的生活实在算不上好，我身体里的各个细胞都在赶工，我需要好好地自我修复一下，才不至于被生活打击得溃不成军。

我失恋了，我的猫死了，我划破了自己的手，我辞职了……

我一个又一个地想着，生活听上去一团糟，够演一出黄金档 80 集回肠荡气的心理剧了，绝对不愁没观众。但是现在，本该出现在电视剧里的主角却安静地坐在沙发上喝咖啡.

没错，那个在昏暗的光线下发呆的人就是我。

没有人注意到我的失常，连我父母回来都只是淡淡地问了一声，原来你在家啊，饭吃了没？

我有气无力地搭理一声，还没呢，不想吃，然后又旁若无人地看电视发呆。

妈妈嘟囔了一声，又减肥，有完没完，就忙里忙外地做起了自己的事。

好像什么都没改变，好像谁的生活都没受影响，包括我自己。因为我忧伤了一会儿之后，就想起窗台上的花还没浇水，浇完水之后什么都没发生似的吃饭，说笑。

然后，一切又按部就班，我又重新找了份工作，又重新交了个男朋友，又重新养了只猫。

没办法，生活总归要继续，继续之后的生活好像跟以前也没什么不一样。

没有过不去的坎，没有谁离开谁是要天塌海漫，这个道理直白残酷，又那么正确。

我新养的猫一样也喜欢吃那个牌子的猫粮，也有可能是把它抱回来的时候就一直喂之前那个没吃完的牌子。

时光很浅，浅到所有的深情都只能写在故事里。

时光也很深，深到内心一切的波澜壮阔，最后都会被掩盖。

如深埋海底的泰坦尼克号，如杰克、罗斯的爱情，沙石成山水滴变海，一起偷偷于时光深处，藏起了某些曾经惊天动地的秘密。

有时候我牵着新交男朋友的手在逛街的时候喜欢偷偷看他的侧脸，他的脸看上去温暖而美好，牵着他手的感觉也没什么特殊的，跟之前那个男朋友差不多。

也许所有人的手牵起来都差不多。

我在想，他心里有没有什么波澜壮阔的故事呢？

我在想，他的那么多年的岁月里，有没有那么一刻，愿意与一个非你不可的女孩“死生契阔、与子成说”过。

我们总爱用惊心动魄的诗篇来表达情感，总爱用生离死别的故事来诠释真爱。

但我们好像忘了生活是多么的平淡，平淡到上苍仿佛忘了我们的存在。

生活又是多么的无奈，无奈到“讲究”这个词，只能偷偷替换成了“将就”。

我们一个人静静地长大，如城市角落不起眼的野花般孤单，花开花谢间只能顾影自怜，偶尔一阵清风拂过，吹动平整的叶片，搅乱淡漠的内心，此番，便是邂逅了一场爱情。

眼神交汇的感觉有时是排遣寂寞的产物，有时是不忍拒绝的浅尝辄止，有时运气好，淡漠的内心破了水痕，又一次初恋的悸动扑面而来。

可即便如此，风叶交汇的缠绵也是寂静的，无声的故事伴随风止而落幕。而后，或深或浅，渐渐埋于时光深处。

每个人都是一座孤岛，你的感受无法共写，无法感受，无法于诗词歌赋中找到丝毫的共鸣，甚至与你执手的那个人，甚至也不能真的在懂你，你所有的悲秋伤春，只是一出寂寞的独角戏。

演员是你，观众是你，多出来的那个，不是男演员，只是道具。

人生从来便是一场孤寂的旅行。

一个人于懵懂中走来，经历了无数生死别离，聚散离合，静静地走向生命的终结。

那些一幕幕的戏曲开播又落幕，沧桑了你的容颜，苍老了你的心，可那些让你撕心裂肺的故事，最终你也可以选择若无其事地走过。

除了这具皮囊，一切的一切，都可以跟你无关。

每个人，人生的故事只有自己能懂，最后的最后，只剩一句如“人饮水，冷暖自知”。

年少轻狂时，也曾不甘，也曾执着地不放手，使尽浑身解数，只为向世界证明着什么。或许憋足了劲，或许昧着良心使了心机，结果最终，好坏只能独自品味。

年复一年，故事如是相似，感悟别有天年。岁月公平如斯，将每个人的年轮碾压无痕。

你捉不住时光，你也改变不了世界前进的轨迹，你能获得满足的，只是执杯浅啜，淡谈去年花间事的洒脱。

犹如那被时光掩埋的秘密，埋于哪个沙滩哪滩沙，挂在哪棵树木哪根枝，只有自己知道，我们能抒写的终归只是自己的故事。

向别人说，说不明，亦道不透。

最后的最后，只剩一句，如人饮水，冷暖自知。

既然如此，我们为何还要执着于那世外之物，为之疲累一生？

演了谁的小丑剧，笑了谁的观众脸？帷幕落下的一瞬，曲终人散，各自归去。

既然如此，为何那般小心，既已知你是我生命的过客，何不好好珍惜？

既已缘浅，不若情深。

千年过后，你我是否能相视一笑，寻着过往那一世百年的些许默契。

希望我能记住每一次温暖的牵手，因为那一刻，我是真的爱你。

人生的本质便是孤独的，既已如此，又何须再执着于那些喧嚣，怒极而放的一瞬有如烟花般耀眼，繁华背后却是夜幕的陪衬。夜幕静默地笑，笑自己的已然了。

不争不抢、不怒不盛、上善若水才是人生参悟到至高的境界。

淡看花开花落，闲数云卷云舒，若是可以，学智者耕一亩田，植一树花，静静感悟人生的无常。

淡到极处始知艳，心到止时便繁华。

等那角落里的野草寂寂成参天大树，落那漫天的绚烂，铺那一地的凋零。

彼时，才是那静美的永恒。

咖啡凉了，我再去换一杯。

谈不如意

——坐了“宝马”想爱情，你根本没资格悲秋伤春

人生在世，总不可能事事顺心，古人所谓不如意事十之八九，但有时你所以为的不如意真的是不如意吗？

那也有可能仅仅是你太贪心了。

所谓的不如意，终归是要超出你的可控范围之外的，比如天灾人祸，又比如被第三者插足你的婚姻，然后你费尽心思挽留他，你的男人还是跟小三跑了。

但如果是你自己放弃了那个男人，或者只是因为他穷而作践他对你的爱，然后你们和平解散了，然后你坐上了宝马，发现自己没有想象的那么开心，又开始羡慕起那些在自行车上笑的女子，那么，你这压根就不是外力，而是你的贪心给你带来的烦恼，所以，即便给这贪心加上一些文艺的外衣，它依然掩盖不了赤裸裸的拜金贪心味。

我有两个亲戚，皆是家缠万贯的富豪，两个富豪的儿子自然便是富二代，这两个富二代分别为 A 与 B。

A 是一个高才生，从一所全国排得上名次的大学毕业后就去了

美国某常青藤念研究生，在念研究生的时候结识了后来成为他老婆的C，二人一见钟情，回国后就结了婚。

B是一个不学无术的富二代，年少时打架泡妞一样没少。跟英俊潇洒的A不同的是，B长得不好看，所以这种男孩子年少时自然不是道明寺，常见的人说是高挑美女身边走着的矮胖土豪，年轻貌美的D便是在相亲之后与B组成这种常见组合的。

C和D婚后的生活显然不怎么相同，倒是很容易猜测，无非是一个如意，一个不如意。

倒也正常，A和C在国外留学的时候认识，还是同一所学校。能出国留学的家庭自然差不到哪里去，能考上常青藤高校的，在精神上自然也是对等的，所以两个人恋爱之初便纯粹是互相吸引，别无他因，一切水到渠成：归国结婚，A继承家业，与C过上了王子与公主的生活。

听大妈们茶余饭后闲聊，A在家里保姆放假的时候一直都在帮媳妇洗衣服，气得他白手起家、集豪气匪气独权气于一身的他爸到处骂骂咧咧说他“没用”。诚然，这个“没用”听众大都一笑置之，因为没人会觉得他这个名校本科毕业，常青藤留学归来，温文尔雅，待人礼貌，接管商业帝国伊始便能独当一面的儿子没用的。

B的家境原先不比A差，即便后来落魄了，在我们家乡也是如雷贯耳，无人不识。但有一点不同，便是在教育上，B的老头子是个苦过的老实人，妈妈至今都没改掉捡垃圾的坏习惯，是以没有太多长远的眼光。B年轻时结交了一批小流氓，这堆小流氓一没钱就找他，原先的女朋友也是在这个背景下认识的。B古板正经的父亲在知晓这个女孩来历之后便强烈反对，找了许多良家姑娘相亲。在一波波的美色眼前，爱情很快便打了退堂鼓。很快，B便跟家境贫寒，但是高学历的小城姑娘D在一起了。在我们眼里，这至少也是一个灰姑娘飞上枝头变凤凰的童话。

事实并不是如此。

世俗扑面袭来：C生了个女孩，D也生了个女孩。

这对于家产雄厚、观念落后又急需继承人的家庭来说是很沮丧的一件事。

于是，C得继续生，D也得继续生。

C跟D都不是独生子女，那时独生子女政策还未放开，生孩子的代价便是，C堂堂名校留学生，只能当机器，生完一个继续，而D失去了即将升副局级的机会，破釜沉舟，一而再，再而竭。

固然，豪门不好嫁，规矩太多，不如普通人家自在，但家家有本难念的经，每个家庭都有这样那样的琐碎事，但是，生活强加给你的顶多的乱花迷眼的无奈，最终走上的那条路，其实都是你自己的选择，而你自己的选择，你便不该怨天尤人。

自己选的路，跪着也要走完。

在艰难的备孕过程中，C跟D又各自经历了五味繁杂，与外人难以道明的酸甜苦辣，但不同的是，后来我见过一次她们，C虽难掩疲惫，眼角却有掩饰不住的温柔跟幸福，而D，年纪轻轻却在脸上刻下了抹不去的阴霾。

D每个人都羡慕，觉得每个人过得都比她好，对生活的不满简直到了顶端。尤其是在她失去工作之后，她的丈夫直接把她的座驾宝马给卖了，她气得不知所以，开始怀念起大学把她捧在手心的男朋友。说起大学的那段恋情，她一脸的向往与甜蜜，看在我的眼里，不是可怜，而是觉得她可恨。

那个男朋友我见过一次，在她跟B好上的时候，那个男孩子来她家楼下找她，在她楼下整整站了一天一夜，最后昏倒被送医院她都不肯下来，生怕被B误会，坏了她飞上枝头变凤凰的美梦。

她挺着个大肚子，手托腮坐在我对面悲秋伤春的时候，我真想一巴掌把她扇个清醒。姑娘，你醒醒吧，你现在想他的每一刻，都是讽刺。

她总是说自己羡慕C，你看，C的老公又高又帅又暖，还对C那么好。我看着她一脸渴望的脸，真的不想打击一个孕妇。

A与C相识于青涩之时，互相给予的是异国他乡相濡以沫的真情，B与D结合于小城的朝暮无趣，交换的是美色金钱的平衡。

可能A与C会迫于家族的压力传宗接代，不那么洒脱，可是夜幕来时，能有一个在外呼风唤雨的人为自己洗衣服，我想，C会看着玻璃上的倒影会心一笑的。而B与C可能也会有相约老去、相濡以沫的那一天，可是至少，D的初衷不是为了爱情，不是为了B那个人，所以B待他怎样其实她压根就没必要在乎太多而给自己找不开心。

你要得到的，已经得到了，不是吗？

再谈谈后续发展，C依旧怀了个女孩，公公大为不满，可是碍于儿子的压力，也没法说什么。D倒是生了个男孩，在公婆那里的地位一跃千丈，可是，她的丈夫依旧夜不归宿，甚至以她要带孩子的缘由与她分房睡，当然，D很喜欢儿子，可是儿子是儿子，D是D，对于B来说，不一样。

D一直羡慕C有一个真心疼她的丈夫，觉得所有人都很幸运，但是其实又有多少人羡慕她的吃穿不愁，母凭子贵。人都难以满足，在选择了自己第一迫切的需求之后，附加的，顺带的，也都一并想拥有。可是她忘了，很多时候，有的选择已经很不错了，多少家境贫寒的女孩子想嫁入豪门都是没有机会的。可能在C看来，自己堂堂名校毕业，要为了一个男人屈从于这个小县城，浪费自己的人生价值当生育工具也会有失落，可是C并没有后悔，因为她要的，她得到了。

牺牲什么换什么，自己选的路，选了就不应该后悔，好好享受自己的选择，走好自己的人生，比什么都重要。

表妹刚开始她的大一暑假，便为未来忧愁了，问我到底要干什么，是参加社团增强能力还是好好学习，抑或是多经营人际关系。

我看着她焦虑得不知如何是好的眉眼，想到了我曾经走过的那个岁月。那个时候的我，羡慕所有大三大四牛掰的学长，任何一个成功的案例都要拿来分析一段时间，生怕自己错过什么成功秘诀，以致我大学一直活在别人的经验之谈中，但一步步走到今天，才发现任何人的成功学都没有帮到我，我走的是跟他们截然不同的一条路。

只是多年之后回过头来，特别后悔没有在最好的年华多读几本书，没有在最单纯的岁月静下心来写写身边的人和事，这样，也不枉在大学走了一遭。

别人的路，我们真的羡慕不来，我们的来历、喜好、能力各有不同，别人成功的成果给我我都无法享用，徒然浪费，比如你将创业成功的公司交给我，我想，我只会让它在顷刻间亏本破产，所以，还谈什么为旁人的成功焦虑。

当你想清这些之后就会发现，你所谓的失意根本就不是他有而你没有，你所谓的失意只是你走了这条路，却发现别人的路好像更宽敞，路上的花好像开的更鲜艳一点，而这些，其实都不是外力造成的，只是你自己的取舍之下的选择而已。

但是，除了理智的选择，还有一种感情却是我们都无法掌握的，这种感情就是所谓的外力作用。

比如汨罗江边的屈子，爱这个国家，却无法阻挡它日日衰落下去，所以只能投江已殉国；比如种豆南山下的陶渊明，爱自己的桃花源，所以不为五斗米折腰，采菊东篱下；再比如 C，依旧怀了个女孩，而 A 的父亲需要一个男孩接管他的商业帝国，为此，C 一直闷闷不乐，想着继续怀下一胎。

虽然觉得有些傻，可是自诩理智的看官们，也被这种傻傻的不如意感动，一起变得不如意起来。爱一个人，不舍得他受委屈，想给他最好的，给不了就开始产生自我怀疑，这种失落感想必才是真正的不如意，超出自己意志力控制的事。

无所求的付出才配忧愁，你一厢情愿的哀愁失意一点都不诗情画意，那只是自私贪婪衍生出来的负面情绪而已。

好吧，其实正在读这篇文章的你们也许已经发现了我的丑恶嘴脸，那只是一种纯粹因为生活拮据而对 D 腰缠万贯却还絮絮叨叨吐槽老公不够好的羡慕嫉妒恨罢了。

是啊，我的这种才叫不如意嘛，因为努力坚持写作而过着拮据的日子，却依然不能博亲爱的读者们一笑的不如意。

哈哈，开个玩笑，只愿博君展颜，最后祝每个努力生活的人都能事事如意，在自己选的路上一路披荆斩棘，然后拥抱成功女神，至此登上人生巅峰（此处应有王大锤）。

你不讨人喜欢是因为你太优秀了

我有一个发小，我们虽然从小就认识，但因为两家住得远，也不在一个学校念书，所以从小到大也没什么过深的交集。

大学的时候我妈打了个电话给我，说她念书的学校跟我在一个城市，让我加了她的微信，以后多多联系，两个身处异地的女孩子也好有个照应。

加了微信之后一直没怎么见过，大家各自忙自己的事情，我偶尔会帮这姑娘点点赞，她也会给我一些客套的评论，诸如“好漂亮啊”“好可爱啊”之类的，但也仅止于此，聊天是一次都没有过。

从这姑娘发的动态看来，应该一名纯正的文艺女青年，人家是心灵鸡汤、朋友嗨皮或者发泄不满的都有，而她，你从来看不到她发表任何自己不好现状的心情，有时候转发一些文艺范十足的豆瓣、知乎文会加上一些评价，而这些评价几乎给人一种她知识渊博指点江山，她站在高端俯视生灵涂炭的感觉。

渐渐地，我对这姑娘生出了一种只可远观的心态，生怕被她一不小心看到自己生活不堪的一面，然后被岁月静好的她给狠狠地打击了。

我大学几年忙得跟狗一样，大一大二排满了课表，大三又开始疯狂找实习，就在我忙得晕头晕脑的时候，加了好友几年不联系的她终于联系我了，我们约在了星巴克。

到星巴克的时候，她已经把咖啡点好了，一杯新鲜调制，一杯冰美式，其实我并不是很喜欢这两种咖啡的口感，但也不好意思说什么，她看我眼神飘过咖啡，开口道："我很喜欢星巴克的这两种，不知道你爱喝哪种，就先点了。"

我拿了一杯冰美式，就坐在了她对面，她看我坐下就开始客套："几年不见，更漂亮了啊。"

我看着她柔顺的长发，矜持的坐姿，再想想自己蓬头垢面的样子原本就有些气短，待被她一提醒就更坐立不安了。她微微一笑，大度地拍了拍我的肩膀："你还像小时候一样可爱哎。"

"那个，小 A，你今天找我什么事啊?"

"想跟你聊聊，我们那么多年的老朋友了，我心里有些郁闷。"

"哦，怎么啦?"我洗耳恭听。

她想了下停顿了片刻说："你大学里有没有这种女孩子，长得很漂亮，交了个很优秀的男朋友，成绩很好，家境不错，不招惹人也不跟别人有过多交集?"

我想了下："有吧。"

然后她眼睛一亮，救星般地问我："那这种女孩子是不是特别不讨人喜欢，你们都不跟她玩?"

我想到了我们系的系花，男朋友是本城的高富帅一枚，系花为人高挑漂亮有气质，会跳舞会唱歌，次次考试还都能拿一等奖学金，系花也不是多热情的人，是一名爱读书爱安静的文艺女青年，但胜在为人大气幽默爱自黑，说起段子来张嘴一个闭嘴一个，虽平时身边不是热热闹闹地聚了一堆人，但口碑着实是好。

我不忍心回绝她，就顺着她的话点了点头，她突然蹙眉顾影自怜起来，抿了口咖啡，幽幽叹了口气："哎，我好像就有这样的烦恼呢。"

我汗了一个，她不理我，开始自顾不暇地诉说起她的苦恼。

她谈了一个男朋友，宿舍几人在她跟男朋友谈恋爱之前都表达过对这个男孩的好感，她因为觉得不好意思，后来就跟宿舍的人疏远了，吃饭逛街都跟男朋友一起，从不约室友。

男朋友待她很好，她便安静地谈着恋爱，不去管学校里的纷纷扰扰，跟很多人都不交流了。为了多跟男朋友相处，她社团也退了，后来每次看到社团的学妹跟男朋友打招呼都很没有安全感，看着那些学妹都觉得是在赤裸裸地忽视她，当着她面勾引她男友，所以，眼光有些不善。

以至到后来，跟班上的同学都不怎么打招呼，在一次班委竞选中，她的票数只有寥寥几票，她很伤心，逐渐意识到自己脱离群体太久了，为了改善一下人际关系，她努力让自己的生活变得开阔一点。

所以，有一次下课间隙，她坐在前排，跟老师聊天的时候，老师问他们怎么一个女同学老是请假，她以一副跟那个女同学很熟的口气说了原因，原来那个女同学是去看她男朋友。

后来这个事被女同学的室友透露了，毕竟她当了那么多人的面说的，被透露出去很正常，所以那个女同学发了个心情，意思就是说小 A 多管闲事之类的。

不小心被她看到了，就在那条心情下回了一句口气有些冲的话，然后事情发展到这儿就不可控了，所有认识的同学，以前看似还能和平相处的表面一下被戳破，熟悉的不熟悉的都对她群起而攻之，说她跟老师告状还气焰嚣张。

她坐在我对面说到这段的时候还气呼呼的，我问她后来怎么了，她幽怨地说："还能怎么了，每次我上课，除了我男朋友就没人跟我坐一个桌子啊，你说我室友也是，一个都不帮我。"她娇滴滴地说："难道还在怪我跟小 B 交往吗？"

"那小 B 呢？"我想问她小 B 是怎么处理的。

她突然婉转一笑："他在外面等我啊，有一次在天桥下，人来人往我打了他几巴掌他都没走。"

作为单身狗的我还来不及安慰她，帮她找原因，便被她打击了一通："对了，潇潇，你怎么还没男朋友啊，女孩子在学校可要趁早谈，不然毕业了好男孩就都被挑走了啊。"

她的坏情绪好像在想到自己有一个优秀男朋友的时候全部消散掉了，心情颇好地开始展示自己早恋爱的优越感，说着说着，她突然伸手看了看手表："啊，我还要跟小 B 看电影呢，以后再约啊潇潇，记得要早点谈恋爱哦，有个男朋友很多事就不需要自己做，安安心心当你的公主啦。"

然后给了我一个飞吻，我目送她离开了星巴克，一个高高帅帅的男孩子在不远处等她，随她一起走了。

想来，她是怕我看他男朋友的眼神具有侵略性，直接不许她男朋友坐过来，甚至连个招呼都没打。

这次见面之后没见过面了，只是可能跟她的聊天让她很满意，所以她偶尔不开心跟小 B 闹别扭了还会打电话给我，也许在她的认知里，我已经算是她好朋友中的一名了。但于我来说，从未主动联系过她，每次她打电话过来我也是边做事边听，不时认真地“嗯嗯”两声。

我对她的生活了如指掌，她对我的生活一无所知，即便我过得不好真想找她讲，她也会娇滴滴地充满歉意地说声“我男朋友叫我了”，然后就匆忙地挂掉，我对着忙音几次，以后就再也没主动找过她了。

后来，我还是偶尔会给她点赞，我发现，她朋友圈的自拍从来只有她自己，没有任何别的角色。

我想，也许也有我这样有可能跟她自拍的人出现过，但慢慢被她忽略，被她打击，最后心灰意冷，彻底淡出她的圈子，等她找来的时候，我们不仅是不熟，还很尴尬了。

也许，许久之后我再也不想理她了，她会噘着嘴对新进她圈子的人说一句：“潇潇那个单身狗啊，肯定是嫉妒我幸福，怕被我打击啰。”

我真想告诉她，从一开始，你的不讨人喜欢就不是因为你优秀。

你进来点了两杯咖啡是因为你觉得是你约的我，不得不点，这说明你霸道且自以为是；你不问我喜好地点了两杯，说明你自私不尊重人；你点的两杯是最便宜的，是因为你根本不看重我，小气又看不起我。

所以，从这两杯咖啡我就给你判定了你对我们这段关系的态度，你只是把我当倾倒垃圾的回收站，而不是真的要维系感情的朋友。

你的同学们不跟你玩也不是因为你优秀，也许你确实比她们稍微优秀一点，但没等别人发现这一点，你就自我感觉良好地时不时提醒别人你的优秀，时间长了，没有人会愿意跟你在一起。

每个人都有负面情绪，每个人都活得艰难且上进，每个人都不会像你一样幸运，也许我们喜欢的男孩子恰好被我们室友抢走了，但我们真的不希望室友时时来提醒，我们需要的是再交一个男朋友，然后淡忘这段尴尬的情愫。

你的生命中一定有过这样的人，她们觉得自己独来独往是优秀，是身边人嫉妒她们的生活，她们标榜过分优秀的女人都是没女人喜欢的，庸脂俗粉才会聚在一起对旁人指指点点，她们自我欺骗我们玩不到一起是因为我们不是一个圈子的人，我层次高，看不上你的圈子，没有必要在你们身上浪费时间。

其实她们根本没想过，问题都是出在自己身上，是，你是没有必要讨好每一个人，但如果每一个集体的每一个人都不喜欢你，那问题肯定就出在你身上了。

我姐的单位有一个同事，她年龄小，学历高，长得也好看，跟我姐她们那种家庭主妇完全不是一个等级的，据说来她们单位也是为了男朋友，我姐一直猜，她肯定会跳槽，所以一开始就没与她过多接触。

但那个女孩一直没有表现出清高的意思，手上的工作做得非常到位，每天早来晚走，扫地擦桌子一样不少，我姐她们聊起孩子来也能插上几句，实在插不上话的话也尽量认真地倾听，不出几天，她们就都喜欢上了她。

这个女孩子也是独来独往的人，你不知道她嘴里絮絮叨叨的背的是哪个国家的语言，你也不知道她办公桌前凌乱的草稿纸上写的那些奇怪的公式是干什么的，但就是这样一个高智商、志不在此的小女孩，她给所有同事带来的印象不是看不起人，不是鹤立鸡群，而是积极上进，而是尊重人。

所以，你所以为的，是你的优秀让你格格不入，其实也许真的不是你想的那个样子，你也许只是自视甚高，让旁人对你敬而远之。

你是应该有自己的圈子，但这不代表，你在没找到你的圈子之前可以瞧不起别的圈子。

你真的要嫁给舆论

一

前一阵儿，跟一个 1996 年的小妹妹谈她的择偶标准，小妹妹二话不说就甩出一连串的形容词。

“嗯，不要求是高富帅，但也不能是凤凰男、妈宝男、直男癌，暖男或者经济适用男倒是可以考虑。”

耳边一堆“男”字进进出出，绕得我头昏脑涨。

但其实我并非不懂，作为一个大龄适婚女，我对这些形容词曾经研究得很是透彻，只是没想到这小妹妹直接用这些词做了择偶标准。

也不知从何时起，女孩子们的姿态突然就高了起来，以站在婚姻链上端的高傲把男士踩在脚底，任性地给身边的男性打上各种标签，好像标签一贴，一个个男孩子就变成了货架上成分一致的货物般任君挑选。

而男孩子们对此只是无言的抗议，倒是看不到他们给女孩贴上什么标签，所谓的各类“婊”也多半是女孩互相赠予的称号。

不久前，我的一个朋友结婚了，她老公就是我们嘴中嘲笑过很多次的“凤凰男”。

我几乎是一只眼看着他们从大学走向婚姻的殿堂，在结婚前夕因为双方文化问题差点闹崩掉。

小A在结婚前夕，义愤填膺地跟我打电话痛骂她男朋友一家。让她如此气愤，显然不是一件事导致的，而是连日以来的积压。

第一，探望事件。

不久之前，小A得了很严重的感冒，小Z父母连同他们家的亲戚来看望小A，小A躺在床上半死不活，因为小A以为只有小Z父母过来，想着反正是一家人，自己身体又不好，衣服又没穿，就不出去招待了，让小Z自己带他父母去吃饭。

哪知小Z执着地几近哀求小A出去，小A虽感为难，还是套上一件外套出去了，出去一看，小Z的舅舅跟阿姨都在。

小A腆着笑脸一一打了招呼，然后又回床上继续睡觉。

他亲戚喊她出去吃饭，她很客套地拒绝了，确实，外面下着雨，又冷，她一个病号去吃什么饭啊。

小Z自己一个人陪亲戚出去，小A继续睡，以为他要很久才回来，哪知小Z很快就冷着脸回来了，问他怎么回事他也没说，只是给她掖了掖被角，让她好好睡。

过两天，小A病好了，又开始生龙活虎，她突然想起前两天小Z很快回来的事，就随口问了句，那天自己是不是招待不周惹他亲戚生气了。

小 A 发誓，她真的只是客套地随口一问，她从不觉得一堆人来看望病人还要病人招呼周到，那不好意思，你们还不如别来。

哪知小 Z 口讷半天居然承认了。

而后，理直气壮地一边责怪她那天有多不周到，一边为她以后做个贤妻良母感到担忧，还跟她讲了一个他们老家的旧事。

事情大概是他们那边有一个男孩，考上了复旦大学，毕业后娶了本地媳妇，还自己买了房，成了所谓山沟沟里飞出的金凤凰。但后来，有一次他父母去大城市看他，他媳妇在房间睡一天都不想出来，两个老人回去痛骂儿子。从此，人人称赞的天之骄子在他们家乡一直被五里八乡戳脊背梁。

临了，他强调一句，媳妇做得不好，老公背锅。意思就是以后让小 A 学乖点，对他家亲戚态度好点，别给他拖后腿。

听完这个事，小 A 心里拔凉拔凉的。

天啊，这居然是自己高学历的男朋友说的话，她怎么觉得未来婆婆已经严重控制了他的思想，她可以站在道德的角度去控制她的儿子，一言不合就“五里八乡戳脊背梁”，进而达到控制她的目的。

男方家境不好，买房、结婚、买车、养娃几乎都要靠女方跟他们俩，如果这以后的公公婆婆善良还好，如果但凡心思不正常，那自己父母辛苦一辈子的老本岂不是要替别人养老了？

更何况，小 Z 家还有个弟弟，结婚的钱就不指望他家出了，但万一结婚以后，他弟弟还要结婚，他弟弟如果不靠谱，那都得靠小 A 他们啊。而小 A 自己是独生子女，生活小康，从小没吃过什么苦，她可不想通过结婚给自己背上什么重担啊。

这纯粹是找虐。

如果未来婆婆家有什么困难，通过舆论控制小 Z，让小 A 或者自己父母借钱（这借出的钱肯定回不来）。如果是小事还好，她可以义正词严地拒绝，但如果是生活在贫困线，有爸爸妈妈爷爷奶奶弟弟的小 Z 家有人生病呢？据她所知，小 Z 家人身体都不好，爷爷常年酗酒，肠胃不好；爸爸打工为生，一身是病；妈妈顽固性头痛；即便是他那个弟弟，血压也不同寻常得高。

就这么一个一贫如洗的家庭，一点考验都无异于暴风雨降临。

如果是自己家家产万贯倒也好，重点就是，小 A 也只是普通家庭。

一直以来小 A 就知道小 Z 家境不好，但校园情侣远不会考虑那么多，现在所有问题都摊在眼前，小 A 不得不考察起小 Z。

她与那个家唯一有联系的就是小 Z，所以，他是否向着自己尤其重要。

这么一考察，问题来了。

二

这就是第二件事，婚礼事件。

双方父母谈婚礼的时候，小 A 小 Z 不在场，也不知道具体情况，但结果是闹崩了。

闹崩了的原因有两点。

第一点是男方不肯孩子两边姓，第二是女方定的一些结婚仪式男方父母不满意，然后还打电话给小Z，说女方的那些仪式像入赘，然后小Z就跟小A吵架。

小A质问了父母，发现父母根本没那意思。她跟小Z解释小Z也不听。

小A那个生气，他们那边生两个孩子两边姓太正常了，再说入赘，如果真的想入赘不会正大光明地说吗？偷偷摸摸的搞个仪式，当事人都不知道，更别说外人了，那还叫入赘吗？入赘本来就是要搞得人尽皆知，自己家有面子的。

小A越想越生气。

自己一个颜美条顺工作好的黄花大闺女还没跟你提什么结婚要求，只允许你把自己带到你家炕上转一圈就同意嫁了，还买房买车养家生孩子做饭，你说你一大男人叽叽歪歪干什么。

如果这时小A还能忍，那么下一件事她就彻底不能忍了，为什么，因为这件事关乎自己的身体。

这就是第三件事，喝酒事件。

小A大姨妈来的那天，小Z家又一个亲戚来了，亲戚拖家带口地过来，到小A小Z租的小房子一看，坐都没坐就走了。其间，小A削了个苹果给他们家小朋友，女主人直给男主人使眼色，说小朋友不喜欢吃苹果。

小A看着小朋友原本想接，被男主人讪讪地拿开，就不怎么高兴了。

这个亲戚家境不错，可能小Z在他们眼里只是穷亲戚，所以，他们的行为举止无一不表现着不尊重，反观傻呵呵的小 Z，倒是一点感觉都没有，还在那儿招呼。

小 A 不怎么想搭理，席间吃饭的时候，小 A 就拿着手机在玩。

那家的男女主人跟小朋友各点了一杯鲜榨果汁，问都没问小 A 要喝什么，因为是人家请客，小 A 也不好意思问服务员要。

那家的老奶奶端着杯冰冻的啤酒拼命忽悠小 A 喝，小 A 大姨妈在，疼得死去活来，哪能喝冰啤酒，就说明了情况。

老奶奶非要她尝一下，说进口的，口味很好。

小 A 不禁想骂娘，进口你妈进口，常青藤里的进口啤酒几块钱一瓶，老娘看都没看。

刚想拒绝，满嘴酒气的小 Z 说了句："喝吧没事，就一口而已。"

看着小 Z 那张脸，小 A 特想把啤酒倒在他脸上，不过她还是忍气吞声地喝了，就当给他个面子。

等酒席散了的时候，小 A 开始算账。

哪知小 Z 一口否认那家男女主人轻慢自己的事实，还说他们老家五里八乡都夸那个女主人有本事还不会看不起人。

小 Z 气得破口大骂，去你的五里八乡，那个女主人就是他们老家出来的，傍上他家富亲戚吃饱喝足当然会装，自己一家境良好学历良好的姑娘，嫁到他们家那穷乡僻壤，他还怪自己不会装装样子，还义正词严地怪自己当着人家的面玩手机。

这次事件过后，小 A 彻底崩溃了，大雨天在外面晃了一个小时，然后回来开始打电话跟我开启吐槽模式。

“你说，他就是典型的凤凰男啊，我以前怎么那么傻，从来不知道有凤凰男这种生物呢?”

她哑着声音跟我讲完这一堆家长里短的破事，说实话，我听得很津津有味，还有一些幸灾乐祸。

为什么幸灾乐祸呢？绝对不是我肤浅，而是小 A 这个家伙太招人恨了。

讲讲他们以前吧。

三

别看他们现在一地鸡毛，以前那绝对是神仙眷侣式的存在。

小 A 是我们这帮朋友里最幸运的，我们一帮 90 初，有的还没谈过恋爱，比如我；有的在爱情里摔了个头破血流，揣着一颗伤痕累累的心再也不敢相信爱情，比如小月；又比如一直在漂泊，志在当贤妻良母却居无定所的小燕。

唯独小 A，大学跟小 Z 一见钟情，两人从见面到湿吻就花了两周。你也许以为他们是轻薄之人，其实他们两个都是相当传统的人，在大学遇到对方以前，连眼神都没给过异性几个。之所以进展这么快，我觉得纯粹是因为一种叫“爱情”的东西。

后来证明，我的想法果然是对的。

大学四年，这两人几乎是在严重虐狗当中度过的。

每次出来，我们穿着平底鞋，背着大包小包，小 A 踩着高跟，打扮精致，一边人高马大的小 Z 鞍前马后。可以这么说，他们谈恋爱以来，小 Z 真的是什么都舍不得让小 A 做，小 A 几乎已经失去了生活技能。

小 A 每次出去，竟然只用带一个手机，因为事事都有小 Z 搞定，刷卡搬东西认路拦车买东西，虽然小 Z 家境不富有，但凭借着自身能力也赚了些小钱，他丝毫不吝啬这些钱，一股脑儿全花在小 A 身上。

据说小 Z 原先不打算这么早结婚，因为自己没有本钱，给不了小 A 一场豪华的婚礼，恨嫁的小 A 用假怀孕吓唬小 Z，小 Z 苦涩又甜蜜地用自己的大部分存款买了一个 DR 的一克拉。

小 A 拿到手上的时候感动得不能自已，问他怎么会想到买这个特殊的牌子。

小 Z 只是很简单地说，没什么能证明自己真心的，只是希望用一个承诺来表明自己只会属于一个人的一辈子。

小 Z 对她是真好，从不流泪的一个大男孩，每次看小 A 难受眼圈都会泛红。这一切，我们局外人看得心知肚明。

哪怕小 A 很生气的时候骂了很多他家人难听的话，孝顺有加的小 Z 也不曾忍心对她恶言相向。

爱一个人，不就是为了她忍让，为了她改变，为了她由不能变得能吗？

其实我知道他们两个人之间面临的无非是价值观的冲击，解释清楚就行了。

虽然一直本着劝分不劝和的原则，但对于这一对，我看他们吵架幸灾乐祸之余还是想看他们好好的，因为除了一些世俗的枷锁加注在他们身上的难题，枷锁之下其实是一片浓浓的爱意跟难得的真心。

而在这个浮躁的社会，拥有一份爱情，不容易。

四

“那如果，我是说如果啊，有一个高富帅追你，什么都好，你会抛弃你嘴里的凤凰男小Z吗?”我试探地问。

“如果有高富帅小Z，我肯定会抛弃凤凰男小Z啊。”她不假思索道。

“那什么是高富帅小Z?”我又不依不饶。

“难道你以为我会看上一个长得普通能力普通对我普通只有俩臭钱的二世祖?”

我隔着电话都能想象到翻白眼的样子。

“再说了，小Z的好岂是那俩臭钱能买来的，那俩破钱，我也拿得出啊。”她继续滔滔不绝。

“小Z会在冷风口站几个小时，只为了我一下车就能接到我，不让我冻着；会走路的时候牵着我，睡觉的时候拥着我，随时给我盖被子；会明明很孝顺，从小都不会忤逆父母意见，却愿意为了我跟他们决裂；会明明很有原则，却跟我做很多没有原则的事，然后时候含蓄地教会我很多道理；会把我一个志在当女强人的人宠成一个什么都不懂的萌妹纸……”

某人还在电话那边碎碎念，我赶紧命令她打住，一不小心又吃了碗狗粮，真是气人啊。

“那你还吵吵嚷嚷说人家是凤凰男，要退婚？”

电话那头沉默了很久。

“其实，我知道他在乎婚礼的细节，那么怕入赘，无非就是他家境不好，但他又想给我很多东西，不管是真实的入赘，还是名义上的仪式，他在心里都觉得自己不能给予我更多更好的，而变成我给他，他自卑不安，所以才会失控；他亲戚的事情，也纯粹是因为他自己从小就是个把礼节做得很到位的人，他对所有人都这般温文尔雅，这般隐忍，她能够让我出去，让我喝酒，也是因为他想过后果，生病出去吃饭，他能照顾我，喝酒，就喝一口没什么，老人家的心意他不忍忤逆。但是……”

“但是，你就是占有欲强又自私是吧？”

因为占有欲强，所以不想看小 Z 对任何人好，只想他为自己考虑，包括他的家人；因为自私，所以除了想要小 Z 这个人，还想要好的家境。

可是事情哪里有那么好，很多好男孩并没有一个好家境，又想同时兼顾女友与家人，难免显得力不从心，所以就被女孩们打上“凤凰男”的标签，进行各种恶意的人身攻击。

而有些并不那么好的男人，因为有好家世傍身，只要稍微装一下体贴，就会被众多脑残的少女们贴上“高富帅”“暖男”标签，进而蜂拥而上。

你们说评价“凤凰男”的标准跟钱无关，其实还是跟钱有关。

可是，很多好男孩一开始并没有钱，他们没有钱，却也不想抛弃生他们养他们的家庭，他们没有钱，也想为你奋斗，给你遮风挡雨，只是你并不给他们这个机会。

我想，小A如果不是跟小Z谈了这么多年，小A如果不是一个虽然自私，却也很聪明，能看透本质的女孩，那么小A一定会错过小Z这个又高又帅又暖又体贴又爱她又有前途的“金凤凰”的。

说这么多不是想为一些恶意地想靠婚姻改变现状的“坏男人”辩解，而是不想看你们因为世俗的一些评价标准而去错过很多有前途对你好有善心有能力，却因为家境贫穷而被你们嘲笑为“凤凰男”的好男人。

最后，小A跟小Z还是结婚了，小A家出钱付了首付买了房跟车，每月的按揭还款全是小Z的高工资，小Z还颇具投资头脑，才不过半年时间就赚了十万，两人还计划着蜜月来个欧洲的全套。

小A打电话给我晒幸福的时候，那边有海浪的声音传来。

“亲爱的，我在巴厘岛玩呢。”那声音元气十足，好像洒着阳光。

“这下不缺钱了？”我调侃。

“缺，怎么不缺？不过，他舍得为我花，他肯为我赚不就行了？再说了，这不还有我吗，我又不是摆设？”

小A还想说什么，小Z在那边喊她上游艇，小A匆忙地跟我道了别，就挂了电话。

现阶段，社会进步，女孩数量减少，关于婚姻，女孩子的话语权空前地多，所以很多女孩挑花了眼，再也缺少了用心去看待爱情的能力，也因此，才有那么多女孩大呼“渣男”，大呼“再也不相信爱情了”。

其实，爱情跟婚姻，从来只是如人饮水冷暖自知，永远不会有一个爱情准则，告诉你谁才是最适合你的那个好男人，也并不是用那么多的评价标准就能选出一个好夫婿的。

真正的良配从不是别人嘴里最世俗的定义选出来的，真正的良配需要你用心去感悟。

心情不美丽时，该怎么办

我今天心情不太美丽，不美丽到昨晚两篇文都列了提纲了依旧不能写下去，不美丽到以往喜欢的音乐听在我耳里都成了噪音，不美丽到以前每天能吃两碗的阳春面只吃了一碗……

我为什么心情不美丽呢？

首先是天气不好，今天天气很闷，气压有些低，下雨的前奏，女孩子嘛，毕竟比较敏感，环境影响心情也不是什么难以理解的事。

接下来这个原因呢，就不是外在的了，是生活。

昨天我经历了一个很高兴的事，我也发了朋友圈，但是我的另一半居然连问都没问过，我觉得他跟我距离有些远。而且，我之前送他的一块不算贵，却也算是我省吃俭用下的一笔大支出买的表，他表现得很喜欢，但是一直忘记戴，我觉得他的喜欢是演的，并且演得还不够用心。

还有一个原因是工作，我有个把很讨人厌的同事，讨人厌到何种地步呢？就是那种自己很丑很蠢，偏偏喜欢说别人不好的人，重点是还特能挑事，我还必须忍着反感与她日日相对，巧笑倩兮地敷衍她的自以为是。今天最让我气愤的一件事是她触碰到我的底线了，我最珍贵的东西，被她言语上侵犯了。

最后一个是自我价值的怀疑，有同你一起进来的同事看似活跃，对你的低调表示毫不掩饰的鄙视，觉得你在浪费人生。当然，这也是大家都不喜欢的一个人，她的自我定位太高，对所有人都瞧不起。对了，她是南大毕业的研究生，长得不行，偏偏自以为美，年龄偏大，偏偏逮着谁都喜欢叫姐姐的这种。

诸如此类的种种，坏情绪就好像是堆起来的多米诺骨牌，推到了一个就带动了一系列的连锁反应，然后我的情绪就开始陷入崩盘状态，岌岌可危。

我陷在这种负面情绪横生的人生里抓狂，然后还要在一个狭小的办公室里，忍受着那个言语上触碰到我底线的同事的唉声叹气，我觉得我快疯了。

在我郁闷纠结奋起觉悟之后，我觉得自己应该自救，不是说嘛，笑一笑十年少，换句话说就是，生气的话会老得快啊。

那么，心情不好时，到底要如何自救？

第一，你要倾倒坏情绪。

所以，我先敲了这些字，把这些糟糕的事一件一件全部都敲下来，就像内心的负面垃圾一样把他们全部都掏出来，一点点地陈列开，然后放在阳光下暴晒，现在我觉得好点了。

如果你觉得敲字不是你擅长的，我觉得你也可以找个好朋友说出来，但是大多数时候我是不建议做这种事的，因为你得找对人，找不对人在别人眼里你就变成了絮絮叨叨的祥林嫂，但即便找对了人，你也得不能时时朝人家倾倒心灵垃圾，到处传递负能量，你得斟酌用词，委婉一些。其实，如果不是真心的朋友，或是特别善解人意的可以聆听你，然后给你意见的人，我觉得大部分人都不会愿意听你倾倒垃圾的，就像那个很讨人厌的同事，对所有人都喜欢发泄不满，发泄家里的，对一个同事发泄另一个同事的……最终会遭到大家的集体讨厌。

所以，最好的倾倒方法就是不打扰别人。比如，我有个同事长得很美，讲话又不经大脑思考，那种外貌的优越感会不自觉地显露出来，导致姿色甚是平庸的我们都不太喜欢她。但是她也不抓狂不歇斯底里不到处祥林嫂，她就是在向阳的地方很安心地养了很多植物，每天都去看看，然后趁吊兰长大的时候带些空瓶来，装上干净的水，重新培植新的一盆。看这些美丽的小事物一天天长大，她就会觉得特别放松，整个人都开始向阳了，那些坏情绪你在她身上永远看不到。

所以，虽然我等女屌丝不想承认，但她确实一直很有姿态，很美，而不像那个到处倾倒垃圾的同事面目可憎，浑身负能量爆满。

第二，你要释掉倾倒出的坏情绪。

我那个很美的同事的做法就很值得借鉴，养花养草，修身养性，能起到移情的作用。而我释放坏情绪的方法是在把这些倾倒之后一一地找我不开心的理由，然后各个击破。

第一个天气不好我没办法，气压低确实会影响女人，毕竟我们是来自金星，是一个月要来一次大姨妈的生物，情绪容易受环境影响很正常，我觉得可以打开窗户通气，吹吹风，乌烟瘴气的坏心情会有种被吹走的感觉。如果没有窗户可以穿少点，或者开个空调，人的心情嘛，那是情绪的产物，如果身体有不适，那么就无暇去顾及了，你看过哪个贫家女有林妹妹那般感时花溅泪吗？而在所有身体不适中，我觉得适度的寒冷是最好的，可以把你冻清醒，包括身体，包括大脑，还可以让你珍惜，包括身体的温暖，包括生活中的小美好，不至于被一些本不相干的坏情绪影响到。

第二个另一半的问题，我虽然恋爱经历不丰富，可谈的时间够长啊，再说了，没吃过猪肉还没见过猪跑吗？其实在感情的世界里，最美好的品德就是装傻，俗称睁一只眼闭一只眼，该问的不问，不该问的更不问。

也许你说，那多别扭啊，我们是灵魂的伴侣，怎么可以这样稀里糊涂过日子呢。此言差矣，生活这回事，没有谁是非谁不可的，但是爱情又太苛刻，掺不得任何杂质。所以，当爱情碰上生活，最明智的做法就是不偏执，不打破砂锅问到底。

不是有句话吗，婚前睁大眼，婚后睁一只眼闭一只眼，我现在把它改一下，只要他爱你，没在原则问题上冷落你忽视你，那些鸡毛蒜皮的小事在谈恋爱的时候也睁一只眼闭一只眼吧，别好好的感情被磨没了。

退一万步讲，每个男人生活得也都不容易，都有一些难以启齿的痛处，不仅要满足你的物质，还得满足你的心灵，也许对于某些比较挑剔的妹妹，还要满足你的床上。作为女性，不求你替他解决，最次也得通情达理一些吧。

你真的只要关心自己就行了，他关心你，你高兴，他不关心，你就当什么事都没发生过吧，毕竟老祖宗的话还是对的，难得糊涂，放你也放他一条生路。至于手表嘛，送是我问心无愧，他感受到这份心意更加珍惜跟我的关系就好，至于带不带，那是他的事，强人所难就不美好了。

第三个讨厌的同事的问题，同事关系一直以来就是一门必修课，每个社会人或多或少都会遇到。虽然这种生物要同你处上大半生的时间，但说实话，我们之所以在一起工作其实是为了赚钱，为了养家糊口，我们之间实则是相互竞争的关系，所以，对于同事关系的处理一定要遵循一个守则，就是少说多做察言观色，害人之心不可有，防人之心不可无。其中，管好自己的嘴最重要，在任何态度有所表示之前都要三思，你要确定一定以及肯定，你的态度不会让事情发展地很糟糕，将你置于不利的地位。

不然，如果为了一时之快导致以后在办公室难做人就得不偿失了。换句话说，对待同事，表面上她说什么你就点头称是，你只要关上耳朵，摆出在倾听的样子就好了，不需要发表任何观点，她也没想让你发现观点，她只要看到你点头就好了。所以，你就只管间或点个头，然后照旧做你自己的事情，毕竟就算不喜欢也是要相处下去的，事关养家糊口，不得掉以轻心。

第四个关于自我价值的认同。你得认识到有一种人姿态很高，老是表现得瞧不起你，然后你在情绪脆弱的时候就特别容易被影响到，进而开始怀疑人生，怀疑自我存在的价值。

但我想说其实不必如此，你要知道一个内心健全的人是很乐观向阳、积极向上、对身边人都以一种正确态度对待的。像这种极度自卑或者受过一些挫折的人，会把所有人当成假想敌，然后找出他所认为的别人的缺点，好自我安慰。换句话说，这种人的内心其实是不健全的。不只是这个自视甚高的同事，即便你我，想想看，有时候我们特别讨厌一个人，在言语上想把他比下去，其实是不是他有我们没有的东西，而我们很羡慕嫉妒恨呢？

所以，你一个身心健康的二十一世纪大好青年，不做些有意义的事，非要跟别人的一些暗黑小情绪计较干什么呢？

其实坏情绪只是你矫情的衍生产物，当你直面这个勃勃生机的世界，知道这个世界上每天有那么多的少年成为人生赢家，那你还有时间矫情吗？

其实你的不开心真的只是闲得慌了然后开始矫情，所以上面的办法都是补救措施，治本的办法是给自己找些有意义的事情做，多关注手头的工作，多想着延伸自己人生的意义，你如果过得更有意义了，你还会那么在乎这些鸡毛蒜皮吗？

所以，努力吧少年，无视路上的风雨坎坷，向着太阳的方向奔跑吧。

女孩，怎样才算是对自己好

一

前两天一个高中女同学约我出去吃饭，答谢我帮她找了份工作。

其实我有些不好意思。

我所在的单位属于政府职介性质，把求职者跟用人单位做对接是我的工作，所以真谈不上帮了什么忙。更何况，那也只是很普通的一家小公司，凭她自己进完全没问题。

想着同学许久不见，我就本着叙叙旧的想法去了。

我们约了周五，我那天有空是因为我前一天值班，所以第二天有休息的权利，而她那天有空我倒是有些诧异，正常单位不都是上班的吗？

见面之后我的疑惑很快解开了。

原来，她已经辞职了。

我想我当时的嘴巴绝对能塞进去一个鸡蛋。

她幽幽地看了我两眼，叹了口气："那家单位又小又乱，我不想干了，哎，你的单位那么好，你是不会了解我的。"

因为这是我帮她选的，所以我惊诧之余有些尴尬。

之前，我跟她解释过为何会休假，也吐槽了我作为政府前台的"受气包"历史，更重要的，作为一个年轻人只能在清闲的事业单位浪费生命，我表示非常愧疚，以及贫穷。

"那你要不要再去我们市场看看别的单位？"

她之前那一家单位是我分析之后推荐给她的。

以她三本的学校跟缺乏的工作经验而言，大一点的公司她根本进不去，而建单位五年以下的单位倒闭的风险较大，去这种正规的新开小公司正好合适，虽然前期累一点，但能学到更多东西，竞争小，升职前景也大。即便她以后不满意了，积累一定的经验也可以凭自己的能力跳槽到更好的单位。

但这只是我一厢情愿的想法，也许并不符合她的意愿，所以我想带她现场，自己去看看。

我提出来之后，她支支吾吾了半天，我才明白，她是嫌弃我们市场的单位不怎么样。我便做了个顺水人情，把高级招聘市场的电话给了她，她可以随时去那边看看。

之后，她明显开心了很多，拉着我去吃饭，因为忙也没帮成，所以我就更不好意思让她请了，我便团购了个券，付了账。

女孩子吃完饭能干吗，当然是买买买，所以，我又陪她去商场逛逛。

说实话，在促进消费上，我显然是不太响应国家号召的，跟一般的女孩子一言不合就败家也有很大的不同，所以逛着逛着问题就来了。

她拖我去了一家店，那家店的名字对于“名牌盲”的我来说肯定是不认识的。

“这家的一款鞋，我好久之前看中的，春款，不知道现在会不会降价。”她套着我咬耳朵。

店员把我们领过去，她问了下价钱，店员报了个数字，差点没把我噎死，1800。

我看了看那款普通地不能再普通的小单鞋，1800，你咋不上天呢，我内心深处大大地翻了个白眼。

“没降价吗?”她不死心地问。

店员摇摇头:“我们家东西不打折。”

她有些灰心地拉着我走了出来，然后几次三番地想再回头，我生怕她一冲动要把那双鞋买下来，赶紧拉着她去饮料店喝饮料。

二

我看着她郁郁寡欢的脸，还是觉得有些不可思议，“你为什么一定要买那双鞋啊?”

“喜欢啊。”她懒洋洋地回道。

“可是因为喜欢，买一个已经过季了的1800的单鞋，也太不可思议了吧?”

不是我八卦，我是真的好奇，因为身边有太多这样的女孩子，几千块钱，如果是赞助困难儿童，或者攒起来积少成多以后做做小生意，再或者再添个几千给妈妈买个金项链，我都觉得是应该的，可我唯独觉得不可思议的是，你花 1800 买个今年不会穿，明年也许就会遗忘在哪个角落的鞋，真的不会觉得浪费吗？

这浪费的也许是你父母的养老钱，也许是以后难倒英雄好汉的那一分钱。

当然，土豪除外，但我们，都是月薪刚够还房贷交房租的平民啊。

我能想到的唯一理由就是你买这双鞋时，有一种我是明星，有人在拍我，或者我是公主，全世界都在仰慕我的小虚荣。而这种虚荣，可能并不是鞋子给你的，而是你掏出的不菲的钱所赋予的。

这种感觉就像上瘾，为了虚幻的快感要付出物质的代价，可很多人还是沉浸其中无法自拔。

“那，这是名牌吗？”我又好奇地问。

偶尔买一两件一线奢侈品，留着出席重要场合，哪怕不能保值增值，也能增加生活质感，这种钱，花得也值。

她摇摇头：“我甚至没听说过这牌子。”

她看我一副不可思议的模样，突然露出些悲悯的情绪：“林潇啊，不是我说你，你条件那么好，怎么对自己一点都不好呢？”

啊？我对自己不好？

我头上冒了个大大的问号，在我男朋友跟父母的评价里，我一直都是那个自私的小孩，居然有人说我对自己不好，我觉得有些不可思议。

"你看你啊，光陪我逛，都不给自己买点好衣服。"

额，我冷汗直冒，买衣服？

我看了看自己身上没有标签，但是被同事一眼就认出的真丝连衣裙，有些无奈。

"毛毛，我家是做衣服的啊，再花钱买不是浪费吗？"

再说了，我知道一个衣服的价位由布料、手工、店铺租金、商标定位等因素影响，并不是价格越高就是越好的。

有时候，买衣服跟挑男朋友一样，都是适合自己的最好。

"可是，你还是舍不得给自己花钱，还把自己逼那么紧，不知道平时多出来放松放松。"她有些倔强，就认准了我对自己不好。

听她这么说，我暗中叹了口气。

其实她说得很对，我是最有资本放纵的，家境不错，端着铁饭碗，谈婚论嫁的是省政府的公务员，还有个把厉害的亲戚。

可这些都不是我可以任性不懂事的理由。

我是最对自己好的那个人，我对自己的好，在于给自己的将来留下很多的选择权。

一个女孩子，她并不应该只是无所事事地负责貌美如花。

她应该外柔内刚，像纤弱的梅花一样，即便冰天雪地也从不畏惧。她美，美得独一无二，她香，香得沁人心脾，她强，强得凌寒独自开。

她不会像温室的花一样依附于主人的照顾，不经风雨，只知涂脂抹粉，害怕主人有朝一日另寻他欢，自己便再无生存可能。

她应该，给自己留足后路与资本。

父母的钱，永远是父母的，你不可能坦然地挥霍；铁饭碗是政府给的，而政府，并不是你家的；男朋友或老公再有前途，你也不能当依附于他的藤蔓，你要有为之旗鼓相当的柔情，成为与他并肩而立的另一半；亲戚再厉害，你不站在与之对等的位置上，那些人脉圈永远用不到，久而久之，你也许会成为别人嘴里的“穷亲戚”。

在这个世界上，除了你的智慧、你的才华、你的资本能让你自如运用，别的一切，都是附加，它并不会成为你更好的选择，只会是你走投无路时屈从的避风港。

而旁人的避风港，你始终当不了主人，更黑暗一些，给你当久了避风港，人家也许会想逃避。

女孩子，你一定要记住，这个世界上一切的关系都要保持独立，没有一个人会喜欢精致却没有灵魂的洋娃娃，更何况，还是一只吃你的喝你的当饭桶的洋娃娃。

亲情，是一场越走越远的旅行；爱情，是一次灵魂结伴的同行；事业，是一种旗鼓相当的利益交换。

这其中任何一种关系，都需要你给予自己充分的选择权，而这选择权，并不是你每天岁月静好，活在自己虚构的不沾凡尘里可以换来的。

三

曾经有一度，我把自己逼得很狠，白天工作，下班回去挖空心思做各种好吃的，晚上还要熬夜码五千字。

那段时间，邮箱躺满了退稿信，而我的朋友圈却全是关于美食和各种文艺的分享，所有人眼里，我过得轻松文艺又小资。没有人看到我压力大到额头都开始起痘，男朋友很心疼，让我别给自己太大压力，也别每天做饭，我们就吃食堂或下馆子。

但我依旧喜欢做各种好吃的，我从不觉得两个人躺在床上玩手机看电视是对自己好的表现。

是，你是没有压力，但你也失去了锻炼厨艺、享受健康美食，以及增进感情的最好机会。

是，邮箱里全是退稿信，但我已经由原先自我感觉良好，到逐渐意识到我的文字存在的各种不足，而这些认识，将督促我变得更加优秀。

是，工作上我是不推诿，什么事都做，但我也因此认识了很多原先应该别人认识的人，并且经营了自己的人脉圈，同时也让领导对我刮目相看。

你看，所有你吃的苦都会通过财富的形式回来，这些财富包括金钱、才华、人脉以及爱情。而这些回来的财富，将会成为你自己独有的资本，让你以后享受更多的选择。

有一天，你天高地阔了，有才能，有人脉，有财富，有爱情，你才能真正地傲然立于天地间，不用为了办个证一筹莫展，不用为了孩子上个学校到处求人，不用因为将就找个不满意的伴侣，也不用为了一点钱而让你的婚姻贫贱夫妻百事哀。

我还有一个朋友，当她听说我工作才两年就攒了将近十万的时候有些目瞪口呆，问我单位福利是不是很好。

我很抱歉地告诉她，我们单位清水衙门一个，除了一点点工资，连过节礼物都没有一个，更别说什么福利。

我能攒这么多，完全是因为“抠”。

我不吃垃圾零食，餐餐自己做绿色食物；我不买淘宝货，妈妈帮我拿的厂里的衣服我能搭配出各种花样跟风格；我不相信化妆品跟护肤品堆积出真美人这句话，一向认为只有运动和读书才能增加人的美貌和气质；我不被那些忽悠女性、标榜败家是真女人的言论所左右，打着小九九攒着自己的私房钱打算创业。

说白了，我有自己的思想，从来不盲目跟风，也不抱有靠任何人的幻想，该努力该奋斗时，绝对不会给自己的懒惰懈怠找理由。

生活充满荆棘，社会适者生存，爱情新旧交替，我们还未长大，父母垂垂老矣。

所以，你还有什么理由活在任性堆积出来的虚幻的满足感里。

再回到那个同学，她到现在还对初中喜欢的男孩念念不忘，她时刻挑剔现在的男朋友，不也是因为现在过得不够好，又没能力改变现状，所以只能回忆过去吗?

真正强大的人，必须是不惧将来、不念过往。

她说我对自己不够好，无非就是我忙、我抠。

但是，我的每一个忙都是为了以后不忙；而我的每一个抠，都是为了攒本钱，好在工作之余能实现我的梦想，开一间小小的咖啡店。

我想，如果我开了咖啡店，一定会免费请他们喝很多的咖啡，就像我每次出来都会默默付账一样。

因为，抠是不花无用之钱，是不会因为一些诱导、攀比而去承担自己承担不了的支出，从而给父母、伴侣造成负担。

抠，不是小气，不是吝啬。

抠的结果，是为了节流，节到一定的资本才有本钱开源，然后，达到财富自由之后，你就不用苦闷地去考虑自己该去哪里找工作，该去哪家单位卖命了。

达到财富自由，你就可以任性地辞职，然后环游世界啦。

第三篇

既见君子，云胡不喜

——爱上爱情

曾经的我

——那时，没有你的我

豆蔻年少佳期无，无涯对天相思长。

羞颜未开折花念，念那人身落何方？

曾经未知将来的自己，看不清这一生将有何遭遇，牵挂所在。

看云看天看夜空，皆会久久发呆。

幼时，同爷爷奶奶生活在一起。

乡下的时光绵长，蝉鸣蛙叫声年复一年地响起，如是相似，别有天年。

年幼的我总是倚着树干，摇着蒲扇，听老人讲相似的故事，神思游离天外，想逃离，却无力。

逃脱命运束缚的方式，便只剩等待。可奈何，头顶的那片天空却忘了流转，云彩，亦忘了卷舒，徒剩静默。

寻找属于你的味道，如仲夏之夜静憩凉椅之上淡看星河，静静地，静静地，便趋于淡默。你的幻影，却于脑海愈发清晰。

诗经里有片小洲，洲中央，长短不齐的青荇随水波荡行左右，脑海中看见你走来，熟悉的身影，念想的气息，可偏偏看不见你的容颜。

渐渐地，我爱上了书籍，爱上了诗词，因为除了空想，我知你，存在于那薄薄的书册中。

我，学会了在漫长岁月中静守孤独，等你向我，款款走来。

你是我等了那么多年的梦中少年
——第一次见你

忆起初见你的那一天，恍若昨天。

日晚倦梳头，十月芳菲候鸟飞。物非人非事不休，初长成，许多愁。

另一个城市的夜晚并不是那么美好，清秋乍显，风吹皱了游人的年轮和眉头。江这头，露渐浓，花更瘦，清冷不休。我努力微笑，想融入，唇角微皱，眼波却躲避交流。我想，我那么怯懦，这么多年关闭心扉，只为等你，你迟迟不来，我渐渐心讷。

但知背后无人守候，便学着抬首。楼高不胜寒，窗外月色冷。

你白衣，坠凡尘，我目瞪，心头震，书中少年？惊问友人，此间少年是何人。纸上名姓，笔间字痕，我轻声默念，偷瞄你的眉眼，想你与我的，前世今生。

你是月光亘古，煮酒醉笑，狼烟烽火战喧嚣，我却是那折戟，陪你醉卧沙场，仰天长啸。

你是此间少年，眉目淡淡，阳光雨下雪痕飘，我便是支长箫，随你倦看世事，远离尘嚣。

你是梵音香雾，经殿诵经，转动山水修来世，我乃佛前木缘，触你一世指尖，飞升成仙。

我知你是我于佛前求了五百年的情缘，是我等了那么多年的梦中少年。你于书中，于月下来到我身边。这一世，我定会守在你必经的路旁，于阳光下开满鲜艳的花朵，许你一世芬芳。

花蝶遇

今年的秋凉来得有些早，炎炎夏日如萤火虫的光亮般，日出而灭，雨至即逝。

天气，随着日历上寂寞的“立秋”二字进入暴雨模式。

气温骤降，大雨倾盆，一汪池水覆了城。

才到南京工作不过一周多，每日四趟两小时的车程，刚躲过难得一见的烈日，又迎上难得一见的大雨。

我边艰难地踩着脚踏车，边伸手拽了拽被风吹翻的雨衣帽檐，冷雨打在手上，我顾不得太多，顺手擦了擦被雨水迷花了的眼。

水珠被抹去，眼前顷刻清明起来，我趁这些调皮的小水珠再度模糊我的视线之前，飞快地瞥了眼混沌的交通，然后为自己的坏运气愤愤不平。

一声惊雷过，穿行而过的车水马龙吓退了我横穿马路的放肆。我姗姗地停下，额头的雨滴先于冷汗落下，我长嘘口气，百无聊赖地踮着脚尖在路边等绿灯。

我的左边是南京有名的清凉山，也许是为了顺应它的名字，这一片都被种满了花花草草，我的眼前就是一片绿色的花坛。

花坛上开了几朵零星的野花，此番，正被雨水打得狼狈不堪。花瓣黏贴在一起，甚至不堪重击零落了几片，阑珊地躺在身下的泥土中。

剩下的花瓣，原来自带的粉红色被连天的暴雨浸泡得也有些苍白，身下纤弱的根茎略微有些弯。

但即便如此，风雨停歇的片刻，她却总能浑身张力地直立而起，它随时在积蓄力量，准备迎击更大的风雨。

我想起了温室中娇贵华丽的那些花，在精心栽培下，完美得无懈可击，却仿佛只是一棵棵没有生命的标本。

而反观它们，花残叶缺，却炫目无比。

呵，这不怕烈日、无惧风雨的花，我该怜悯你无人保护的娇弱，还是感叹你独立天地的坚贞？

两天前，整个大地还在被一片烈日炙烤时，我就在这个花坛前停留过，并偶遇一只于花坛边飞舞的彩蝶。

彩蝶有着黑色的羽翼，羽翼上绘着白色神秘的条纹，这条纹，像极了远古部落不为人知的图腾。

它风度翩翩地雨露均衡，偶尔清风拂过，叶片飘摇着阻了路人窥探的眼，这花蝶嬉戏的场景便似遥远的宫闱里帝王后妃语笑嫣然间落下的帷幕。

情到浓时，欲语还休，美不胜收。

神秘的黑色骑士，你是那梁山伯化的蝶来寻我这非祝英台变的花？还是那罗密欧托的梦来点缀我这非朱丽叶心上的秋？

那一刻，微风中映着暖阳，蝶于花坛边徜徉，我真的以为这一副画面会到永久。

却原来，缘来缘去，终有尽时。

现下，雨下得有点大，雨水复又迷住了我的眼，我抹了把脸上的水渍，狠狠甩了甩，眼前再度清明起来。

花儿纤弱的身姿于眼前摇曳，雨水丝毫没有半分怜香惜玉地打在花瓣上，孤独伫立的倔强身影有一丝狼狈，有一点寂寥，但更多的，却是傲然挺立，独立天地，不惧风雨的骄傲。

绿灯亮了，我洒脱一笑，踩着脚踏车于风雨中扬长而去，身后零落的花朝我骄傲地笑。

缘来是你，缘走不念，坚贞的花儿啊，想必你们是不会稀罕那风流的家伙的吧。

千年梦回泪眼中，前世今生终不同

——与你，一定是前世的缘分

佛说：因果循环，皆由缘起。

我来到你的怀抱是不是也是一种缘分？

追梦的学子从学海飞过，花开花落，永不谢幕。

我是一粒尘埃，在曲径上不停地追寻，路旁风景变幻着色彩，或明或暗，到最后却都成黑白。

湛蓝的天空下，我不停地追寻你的足迹，而你博大的胸怀容纳太多的梦想，是否，你还记得有我的存在？

我在时间的狭缝里踽踽独行，只为追寻你渐行渐远的身影。你是我梦中的一个传奇，梦醒后却不见了踪迹，我的心遗失在了梦里…

我说，我要找到你！纵然世事变迁，我涉过沧海桑田亦要来到你身边。因为你，就是我追寻千年的佳人。

西子湖畔，你我相约要留得残荷听雨声。

而今，残荷虽去，雨亦无踪，靡靡春光，却留桃花笑东风。桃花掩面，我拨开遮掩，终于得见你容颜。

依稀记得，你在湖中小舟上挥别的笑脸，仿若冬日的阳光，灿烂却忧伤。

我在岸上伫立，白衣在暮色中翩跹，轻启唇角，让风儿带给了你一个微笑。

曾经，在人海中流连的你，是否也在某一瞬间感触到我的心跳？

浮生若梦，梦中得见周公。蝴蝶飞舞，周公在梦中沉浮。

究竟是我进了你的梦，还是你是我无法忘却的过往？梦也好，过往也罢，终于我抓到了你，至此相交直至天涯海角。

蓦然回首，才发现你仍于灯火阑珊处静守，曾以为，我会隐于人海；曾经，亦不敢期待，却原来我的执着忍耐终于守得云开。

你可知道我爱你

——论爱情的姿态

爱你的人如果没有按你所希望的方式来爱你，那并不代表他们没有全心全意地爱你。

——泰戈尔

人人网上最近一个帖子流传很广，帖子是这样说的，“一个男人如果真的爱你，要么物质强大，要么精神强大。”

乍一听，很是在理。

且不说我这等已身陷囹圄的女子，姑且还要傻不愣登地思索半天。相必那些个未尝爱情滋味的女子，定是要奉为择偶之金玉良言的。

众人皆知，美食家品美食都不能光尝入口之味，于细嚼慢咽中感受那份余味悠长更是重要一环。

现在，我也来细嚼慢咽一番。

仔细分析这句话，“如果一个男人爱你”是前提，先啰嗦一句，一个男人既然爱你，肯定也会爱他的家人朋友什么的吧，如果他连养育他的家人，帮助他的朋友都不爱的话，他又为什么会有真正的感情，为什么会真爱上你？但是，一个爱他家人的男人，你凭什么会觉得他可以为了你的一句话而抛弃一切信仰，而去上刀山下油锅？难道，人生在世，他就没有别的事情要做了？如果，他的本意是陶渊明的种豆南山下，你又如何要求他与你叱咤朝堂中。如果，他还有年老的父母要照顾，你又如何让他为你上刀山下油锅？

话已至此，我们都能了解。如果有一天，你真的与他的信仰，与他的准则相冲突，他就不可能仅仅为了你而去做什么，但如若他没按照你的心意，却是并不代表他不爱你。

记得一个故事，说一个男孩很爱很爱一个女孩，但是当洪水来临之际，他并没有去救女孩子，而是选择救其他人。事后有人质疑那个男孩对那个女孩的爱，他并没有辩解什么，只是浅浅地说，她如果死了，我陪她死，但我不会为了救她而放弃别人。

我不是很能接受他的做法，但是，避开“家门不扫，何以扫天下”这一原则，这个故事却是可以用来做我的论据的。

总感觉，爱不是狭隘的，每个人爱人的方式都不同，我们并没有权利指责要求些什么。你说美丽有范围有规定吗？没有！悦心者，则为美。

请不要为了你的自私，而去要求他对你的爱也一并自私，若想精神物质伟大，自己做到就行，不要要求别人。悲观点想，再柔情蜜意相敬如宾的两个人，都毕竟是，两个人。他不可能真的为了你而去倾尽所有，你也不可能真的把自己完全系于他的身上。

你要知道，他应当有自己的信仰，有自己的抱负。不要用什么所谓的“爱情”牵绊住他前进的脚步，不要拼命地要求自己成为他的唯一，那是不现实的。你所能做的，就是安心地躺在他怀里，给他足够的柔情与信任，让他为你闯一片天空吧。

还能说什么？什么都不想说了。

胡为乎泥中，是为香故
——爱浓之时，我最爱乱想

雾浓花渐重，荡罢秋千，泛毕轻舟，撷花途中贪暮色，惊鸟便回头。

农人唱归歌，踏歌而来是情愁。陌上山花开无数，彩蝶纷扰自风流。一纸家书，伴歌喉，书中你，语细情谊流：山花烂漫处，陌上彩蝶飞，为恐江山景不在，游女恰可缓缓归。

灼灼桃夭叶蓁蓁，之子于归宜家人。式微，式微，你身在处我心归。微君之故，胡为中露，胡为乎泥中，是为香故。

醉卧沙场，狼烟喧嚣，歌罢舞罢周郎英发。君必登九重宝塔，亲临天下，淡看流星飒沓。

结局藏于书中，千年情愫你可懂？你生而为龙，我添香挽红袖，堪堪为卿煮酒。怕你眉眼依旧，拂肩上白雪，披青裘。那红衣纤纤，与你并肩，可是我？我可能够与你看遍繁华，执手并肩，齐看天下浩大。

怕怕怕。

汨罗江边，屈灵均之辟芷，纫香佩以秋兰。

其乃高阳苗裔，皇考伯庸，虽谢过荣华，却香留华夏。

妾恐非倾城，挽子青丝，对镜细语非故人。

如是与君决绝，不教生死作相思。

如花美眷，伴我似水流年，江南古镇，忆你半世情深。采莲浣衣看青瓦，捻芯灯下，面容安然，乱生华发。

书页泛黄，跃出金戈铁马。灯下人细细笑，泪湿了眼角。那年的扶桑花香囊，可还置于你心上，赠你幽然余生浮香？

只道是寻常

——最终，我们还是要归于平淡，可我，爱极了这种寻常

萧萧几叶风兼雨，昏鸦寻归路。

俏立香阁观急雪，风断絮，吹皱胆瓶梅。

梨白芽初放，带雨灯花泪，锦衣郎夜归，一枝堪折桂。

寒露忽盛，香溢一室满心扉。我移步轻莲，笑扶君头雪，似白头，非少年。

又嗔笑，捏花蕙。忽掩翠袖，脉脉情微逗，共白头，共白头，如此甚好，恰可一生扰你不休。你颔首，下颚微点我额头，鼻息热，风不透，一室旖旎春风秀。炉上酒，黄昏后，青梅一枝红豆蔻。东风彻夜瘦如何，夜寒被薄，月下双人酌，微熏酒染喉。

笙歌落繁花，小憩别韶华，遍生华发，一眼却白首。

醉也好，梦也罢，挑灯回头，纵繁世悠悠，妾自一路随君左右。

明灭楼上灯火，烟花繁，红尘辗，杨花纷纷又何干？

兰舟上，与君共游，却把烟波泛。

离人多少相思碎，弦断花枯红颜没。

我愿剪那荣华万般，点绛朱唇，等你归来，为你煮酒一盏。

双双对酒轻弹，歌尽繁花在此间。

而你终归于拱桥上走远，留我一人拂过亘古的风

——青春里的那个人，你总要说再见

雨滴答滴答落下，光匿了七彩的虹。

花散开鼻尖芬芳，叶在土地上绿着生命的光。

一只猫缱绻地走过街头，白裙少女捧着书踩过青春的风。

咖啡店昏黄的光摇摇欲坠，桌边男女点脚尖划过含情的目。

时光机里机器猫的锦囊在哪，大熊看着静香的长发撩起微笑的弧度。

同桌的那个女孩如今牵起了谁的手，窗外男孩是否还会路过午后榕树下金黄的光?

那年的气息萦绕不散，我生命中永不退却的保护色。

是午后的奶茶芬芳，是你大大的手划过发丝的暖，是校园后湖边烂漫的桃花香，是夜色下你淡淡吻我温柔的脸庞。

青春是火，是光，是镌刻在我生命中的你。

有一天，我终会老去，而你，亦逐渐淡去影踪。

我怀念你，不舍你，而你终归于拱桥上走远，留我一人拂过亘古的风。

这个世上，除了你，我还需要别的吗

——与你异地，我真的受不了

转眼间，一个人回家，一个人吃饭，一个人上班已经很久了，久到我都快忘记了我是什么时候离开学校的，久到我已经对昨天有些隐约的模糊了。

但是奇怪的是，不管如何迷糊，我对这座城市都是没有归属感的，哪怕，我对她如此熟悉；哪怕，我身处繁华闹市中央；哪怕，我每天能跟各色各样有身份的人接触，但我依旧孤独。

每天晨起暮歇，回到那个两层的小洋房时，我都会有种孤寂的感觉，孤寂在于房子太大，孤寂在于心太小。关门，拉灯，上楼，想你，睡觉，然后，便又是另一天了。

心的孤寂是最难熬的，难熬在于，心一旦空洞，魔念便生。

一个人走过那条繁华热闹的路，绕过每个人的悲欢离合，见惯各色在路上的神情，直到这时候我才真心地体味到人生该追求的是什么，或许便是这样，“纸上得来终觉浅，绝知此事要躬行”，不到内心体味到了，我们永远只是在矫情地翻演别人的故事，描摹别人的感情。

正如王心凌的歌里唱的那样，“那时我们天天在一起，太幸福到不需要距离，很贪心，要全世界注意。只是太年轻，快乐和伤心，都像在演戏，一碰就惊天动地”。

那时，我们都像是在演戏，开心伤心都幼稚到要让全世界知晓，别人的艳羡是爱情幸福的明证和肯定，好像没有别人的鼓励，爱情便不存在一样。无视你温柔的眼神，径直走过你伸过来的臂膀，我执着地要去世界的中央。

你到底要证明些什么呢？这个世界上，除了你，我真的还需要别的吗？

“愿得一心人，白首不相离。”其实最珍贵的早已在我身边等我，守护我，我到底还在执拗些什么？为那可笑的自尊，还是别人肤浅的眼神？

安静最能让人静思，距离最能让人认清自己的心。不在你身边的日子里，我一个人长大，渐渐变得成熟，虽然你还是会说，我是你永远长不大的小孩，但是，我已经能够认清自己的心，陪你一起遮风挡雨了，这，便是成熟。

每个人的人生也一并如此，每每看到有人在执拗地向别人证明自己过得有多好时，我便会有所触动，你努力的样子多么像个执拗的小孩，告诉别人，你的玩具有多好。但是你要知道，你爱的玩具，你永远都不会让别人玩，所以，别人永远不会知道他的好。由心的温馨，会心的一笑，回眸时那人温柔的嘴角，这，便是整个人生了。

所以，今后当有人对我们说，你是多么多么值得人羡慕嫉妒时，你一定要淡然处之，因为你的淡然风度，才是人羡慕的根本。

幸福，不需要明说。人生，循着心走。

这样，追求才不变味。这样，当我们将走完一生时，才会收获一份圆满的结局。

许我一段梦中梦

——观最爱的《华胥引》有感

华胥一引，乱世成殇。生死人，肉白骨，制造出一场场华丽炫彩的梦境。

生于世间数十载，如浮萍般飘摇徘徊，凡人无法主宰那一世的乱，空留嗟叹永生的魂……

有没有让你悔恨的事，有没有让你放不下的人，有没有让你抹不去的痛，有没有让你想挽回的情？如果我说，对着现实失望的你可以用生命换取一个幻境，在这个幻境中，你可以重新选择，重新生活，过上不一样的日子。那时，你在现世中的悔恨将不再是悔恨，痛苦也将不会是痛苦。你，会不会同意？

浮生若梦，梦若浮生。如果，今生的你爱他至深，可却由于一段错误而无法相守。那么，你会不会选择用生命去制造一个幻境，在那儿你可以了我心愿，和他琴瑟和鸣共谱一曲。

初想，觉得悲剧与自欺。

我用生的希望换取有你的幻境，于是，我生命中的你变成了我所希望的那样，举案齐眉，相敬如宾。可是，梦境再美好，那也不是真实的。现实是，我在黄粱枕上成枯骨，你在锦绣堆中邂佳人。世人对着枯骨笑我傻，我在梦中空自欺。大千世界运转不停，徒留痴人，一缕孤魂无声消逝。

积极者总是不服输，觉得只要青山在，不怕没柴烧。只要留得一个性命，没什么不可以实现。

仇人再厉害也可以杀，待我独守枯山，练那一身绝世神功；爱人再美丽也可以夺，待我朱砂轻点，重新以倾世之姿翩然降至你的眼前。

哪怕你心爱的人独挽轻纱，随风而去了，你也可以让时间抚平心上的伤痕，进而爱上另一个人。

世事本该看开点，人生的真谛便是一个接着一个的挫折，然后逼迫你成长。如此说来，不如人意的地方多了去了，何必陷在死胡同里。

可是，积极者总不是占了全部，退一万步讲，就算你是个积极者，你也并不是时时刻刻都积极，也有怨天尤人、悔恨不已的时候。

花会落，潮会退，月，亦有阴晴圆缺，人，难免会脆弱。

用人脆弱的一面去细想，或者，用你辩证思维的一面去想想，真的是自欺吗？倒也不尽然吧。

庄生梦蝶，究竟是蝶梦了我，还是我梦了蝶？

现实中得不到的爱人冷漠于你放弃性命的呆傻，现实中杀不了的仇人笑话着你的愚笨和脆弱。你咬破了一口钢牙，你碾碎了一颗柔情的心，换来的，不过是世人的转身而过。

可再怎样，那也是他们心中的感觉了，你已去了另一个世界，不用再看到，不用再听到了。

在那个梦境中，你坐拥着你的爱人，你折磨着你的仇人，你的感受中，你占了主导，那样倒也是好的。其实，人生有那么多的不如意，偶尔自欺，也是极好的。

放手，是一种明智，阿Q精神也是一门功课，修不修，但看各人机遇罢。

念于此，想起《聊斋》中的故事。

画壁中的书生，现实中被爱人抛弃并出卖，考不上状元，甚至唯一的老父被杀，穷困潦倒的他邂逅画中美女，并选择与她一起生活于画中，他说，在画中的日子是他一辈子最开心的时候。于是，家境富裕的朋友回来了，而他没有。回到现实中的朋友感慨他的痴傻，为他惋惜，可是他在画中携着如花美眷，过着似水流年，谁又能说那是悲剧……

谁又能说，他过得比富裕的朋友差呢？

身处两个角度，淡看两个世界，感慨一番后，也颇觉无趣。

有梦想有希望的人还是切勿多想，珍惜眼前，毕竟，能在一个世界活得风生水起自是最好，何必去追寻那梦中的乌托邦。而那些就算活得好的人们最好不要评价别人的选择，谁也不是永远的强者，哪个时空都充满不定性，同情别人，最是可笑。

这个可能存在的幻景教给我们的最好的道理不是消极逃避，反而是积极进取。

就是说，现在的生活即便不如意，那么你也要好好努力奋斗，因为这只是一个梦，就像《夏洛特烦恼》里的夏洛一样，在梦里可以肆意地亲吻自己的女神，可以追求现实社会不敢追寻的梦想，也许，你的女神恰好也能回应你，也许你的梦想会因为你的敢于尝试而对你打开大门。

人生充满了各种不确定性，单要看我们如何去应对它。

消极者在顺境中都会觉得无趣，积极者在逆境中亦会将困窘当成一个挑战，充满斗志，将人生活出精彩。

亲爱的朋友，如果你觉得现在的生活很不如意，如果你甚至有想从十八层高楼上纵身而下的欲望，那么让我挥一挥手中的魔法棒告诉你，亲爱的，这只是个幻景，你在这个世界越是寸步难行，越是能够锻炼你的能力，让你回到自己的时空大放异彩。

如果你身心不够健全，如果你承受苦难的能力没有那么优秀，那么你换个时空，回到本真也是如此，所以，亲爱的，放开胆子去干吧。曾经想干而不敢干的事，曾经想说而说不出口的话，那些你生命中的独木舟终归会因为翱翔大海而渐渐长大，最后，变成巨轮，载着你，迎着夕阳，走向最美好的明天。

话已至此，也差不多可以收笔了。

然，凡事都要来个惊悚的结尾方显余味悠长，此思考悠长之处在于，假设真的有幻境，那么那些幻境中的人知道吗？知道他们只是别人幻想出来的吗？

该是不知吧，他们一定自以为自己是独一无二的，是生命的主宰，自己生活的世界才是真实的，任何别的空间对它们来说都是梦境，是不置可否的吧。

如若如此，我当如何？

我是不是也是别人梦境的附属，在这儿思考纠结的我是个有自己想法的姑娘吗？我所处的世界是真的吗？陪着我的那个人是“那个人”吗？数个版本，数个人生，数段故事纠缠着，发展着……那些我，还是我吗？

最后的最后，加上一句愿君惜取眼前人，因为不知哪一刻，我们就会在梦中被这个世界遗忘。

切不要，当时只道是寻常

——劝君惜取眼前人

很久以前，有一棵树，她长在一片广袤的土地上，从满身嫩黄的芽到一树青葱的叶，于同一个角度，看遍浮华，阅尽沧桑。

春天花香从东边的山头飘来，会在吹到叶片的时候散去两个方向。

夏天的骄阳最是热烈，前方有一片荷塘，开满芙蕖，红的，粉的，蜻蜓会在最中心的那几朵上流连。

秋天的山野一片金黄，农人热火朝天的模样，几千年来，映红了西天的斜阳。

冬日大雪纷飞，万物遁了踪迹，蓝天白雪，这是世间最纯澈的地方。

可是，她竖立于此千年万年，熟稔每一寸空气的味道，泥土的芬芳。

这些，便哪怕再美，在她心中亦已化作寻常。

她甚至有点恨这片广阔深沉的胸膛，以为是他禁锢了自己的脚步，束缚她去寻找更美的天堂。

于是，她想离开这儿，远赴他乡，看另一片风景，读更多的故事。

终于，在一个雷雨交加的晚上，她提起脚步，挣脱了这片生它养它。在她最脆弱的时候无条件包容她的土地，拖着根生错节的脚步，走向了他方。

没有回头，没有不舍，簌簌的叶片被雨水打落，片片像是土地留恋不舍的泪。

风起云涌，沧海桑田，一别，已经年。

后来的后来，她走遍了很多很多的地方，看尽无数风景，经历各种离合。

终于，在一个落日的黄昏，它邂逅了一对这世间最普通不过的夫妻。

当忙碌过后的农人扛着锄头，一脸喜悦地朝田边的妻子挥手，额上晶莹的汗珠，在古铜色的脸颊上滑过纵横的沟壑，垂垂欲滴，农人无暇擦拭，快步小跑，挽着妻子的手，一同走向小路深处。

夕阳下的背影很温暖，仿若茶叶至沸腾的水中舒展而下，于瓷碗底部尘埃落定。

阅遍沧桑，洗净铅华，一起与你岁月静好的模样。

那一刻，她无比地想念那片广袤的土地，那宽广的胸膛。

脑海中浮现的，是如海洋般深沉的爱，如山岳般静立无声的等待。

在她还是一片幼苗时，土地默默地为她输送养分；在她高耸入云时，土地静静帮她固稳脚跟。

她总是觉得寂寞，其实，无论灿烂之夏花，还是静美如秋叶，那片沉默的土地都在无声地陪着她，千年万年，细水长流，从不曾离开。

原来，她追寻的，他早已给予，只是给予地太多，太久，只是他，太沉默。

叶片簌簌，像极了她离开的那一夜，一颗颗打落在地上的雨珠。

只是，那是他的泪，这，是她的泪。

世人常说，求而不得，是为珍贵。

涉世未深的人常常将它视若真理，只是那时的你，还未曾失去。

多年以后，阅遍世间繁华，尝过人世沧桑，某一天的某一刻，你坐在天空下的草堆上，觉得漂泊太久，很寂寞。仰天，脖子累了，扭头，你希望身边浮现的，是谁的脸庞？

最初的最初，有一个少年，他白衣胜雪，他板寸头下一张干净的脸庞，温暖的笑，沉默的问好，伴随着清新的气息，让你脸红心跳。

后来，他一脸温柔，默默地牵着你的手走了很久。

从此以后，你没有摔过跤，没有绕过弯路，你肆无忌惮地看飞鸟，找游鱼，路边的风景变换，你走过很多的美好。

渐渐地，你忘了他的存在，流连于大千世界的光怪陆离中，再渐渐地，你想去抓那只斑斓的蝴蝶，去攀那棵高耸的树。

于是，你往新奇奔跑过去，被拉了回来，回头，发现是他抓着你的手，目光宠溺，告诉你危险，不要乱跑。

你皱了皱眉头，至此觉得，他成了你的束缚。

你开始责怪，开始抱怨，开始想逃。也许，你逃了，然后，就变成了那棵迷失的树，再也找不到他；

也许，你没逃，然后，就变成了琐碎的生活，再也看不见爱情。

生活中各种不满，各种悔不当初，各种，如果我离开你会怎样。

某一天，白衣落灰，少年白首，皱纹攀上了他的额头，那副月光融融的眉眼落满了生活的风霜。你对他每一句责怪的话语，每一个不信任的眼神都成了一条皱纹，刻在了他的身上，融在了他的心间。

他的爱，他的包容，全都化作了心底深藏的一声叹息。

你总说，你是他的唯一，所以他不知道你有多好。其实他知道，不然，他不会被你伤得如此无怨无悔，还执着地握着你的手。

事实是，他是你的初见，所以你不知道他有多好。你不知道，所以，你在岁月的纷杂中迷乱了眼，凋落了他的桃花，只剩晦暗。

后来，他彻底消失在你的生活，你开始迷路，开始被路边的荆棘划伤手脚，你手忙脚乱，你发现没有他在，生活如此艰辛，根本无暇去顾及路边的风景。

他在的时候，为你挡去风雨，你便只剩彩虹。

你不用记路，亦无须注意脚下，自是顺风顺水。

如是经年，你习惯他的好，将生活的顺当当成平淡，将他为你遮风挡雨的胸膛视作阻碍。

你如愿离开了他，然后，你剩下什么？

你在生活的刀锋剑雨下不堪一击，在你伤痕累累，奄奄一息的时候，你想起了离开他的那一天，大雨倾盆而下，他那受伤的眼神里，最多的，却是担忧。

你不懂事地转身而过，一别经年，这，便是错过。

夜沉如水，星河灿烂，恰似你的眉眼。

我想起第一次见你时，夏末时节，月华洒满池塘的芙蕖，红的粉的，一片融融之景。

我心跳如雷，知道你就是我梦中的少年，鼓起勇气走过去，跟你说了声，你好。

可是，时光漫漫，它居然盖上了尘埃，差点让我忘了你是怎样的存在。

一梦惊醒，好在，好在，你还没走开，你依然在我身边，那么，那么，无奈。

红颜依旧在，少年未离开，请许我一世流年，随你看遍桃花，开落此间。

愿每一个人都能惜取眼前人，愿每个人都不忘初心，愿得真心相待，白首不相离。

我们终归会长大

爱情就是从小我，到大我；爱情就是，从只有你，到只与你。

我们终归会长大，就像鸟儿始终要坚硬了翅膀，俯瞰大地，翱翔高空，迎面击溃生活的风浪。然后，在花开的时候闭上双眼，听风过，闻花香，改变轨迹，去自己想去的方向。

我们都想找一个人依偎，取暖，抵抗偶尔夜幕而下时，暗夜中袭来的寒霜，那抹温暖让你留恋，那一刻的地老天荒让你误以为只有彼此，你对缩短你们的距离有种近乎偏执的欲望。

然而，当夜幕退去，朝阳初升，那个温暖你的翅膀，会不会负荷你高飞的力量，会不会左右你前进的方向？你会不会，也成为他难以言说的负担？

你退缩，你害怕，远离的念头时时响起，成了你内心深处的梦魇。

然而事实终归强求不得，我们终归会长大，就像我们最终只能一个人来到这个世界，一个人走完这个世界一样。

我们能做的，从来就不是固执地与他成为一座孤岛，也不是心碎地同爱情说晚安，而是与你相爱的那个人保持独立的自我，不用患得患失你们不再那么亲密了，而是坚信，你与你的他，即便偶尔分离，也会在彩云高升处，回眸间，光影交汇。长大后的我，终于知道，最好的爱情，从来都不是眼里只有彼此，而是你们都在望着同一个方向。

幸福的错觉

爱他，就不要把你的幸福寄希望于他。

黄蓉爱郭靖，傻傻的郭靖也为黄蓉做了许多事，刀光剑影中，将黄蓉保护得无微不至。

在这段关系中，黄蓉似乎一直是受益方，但实际上，黄蓉才是掌管一切的幕后军师。

如果不是黄蓉，郭靖不会成为一代大侠；如果不是黄蓉，他们之间的关系在柯镇恶让郭靖杀黄蓉的时候便早已终结。

在郭靖拿着剑指着黄蓉的那一刻，我想黄蓉的心定是被践踏般痛楚的，那么非你不可至死不渝的爱情，却在男人的英雄大义面前被碾压无痕。她的靖哥哥不仅不相信她，甚至连解释的机会都不给，听信柯镇恶的一面之言之后，便开始拔剑相向。

若是一般的女子，纵使郭靖没杀她，但只要那一刻动了杀心，事后恐怕都会老死不相往来。

但之后的故事依然如初，黄蓉仿佛忘了郭靖那一刻的杀意，误会解除之后依然如初地跟在郭靖身后，靖哥哥长靖哥哥短地叫着。

我无法猜测这个女子是爱这个男子爱到没有自我，还是心胸宽广到可以接受他的天下大义，从金庸之后的铺叙来看，黄蓉显然很斤斤计较，所以归根结底，应该是前者。

正因为是前者，黄蓉在自己心心念念的靖哥哥为了一个没有调查清楚的可能面前竟然对自己动了杀心，肝肠寸断之后，郭靖一个道歉，她就收拾起自己破碎的心，然后缝缝补补，重新上路。

之后，她定是把那一刻的伤心痛楚狠狠地塞在心底，再也不会让它出来侵蚀自己的内心。

对待爱情的方式，注定了黄蓉的格局远不如郭襄。

十六岁那年的郭襄，风陵渡口初遇杨过，被饱经风霜一脸沧桑的神雕大侠迷得神魂颠倒，至此跟在杨过身后成了小跟班。

如果杨过的生命中从没有过小龙女的出现，我想杨过这个大叔是不可能逃得掉郭襄这个小萝莉的，但爱情里，一直讲究个先来后到，有了小龙女的刻骨铭心，注定了在杨过的生命中，郭襄只会是一个过客的角色。

但是郭襄从未纠结过，她爱杨过，从十六岁那年爱到四十岁，爱到为了杨过看破红尘，出家为尼之后，法号还叫风陵师太，只为纪念他们的初遇。她爱杨过，爱到用了一辈子只为去怀念与他相处的那几日。

可是，她从未强求过。

同样有银针之约的还有赵敏，赵敏用银针换来了周芷若身边的张无忌，郭襄却毫不犹豫地用了三根银针，只为一睹他的容颜，只为让他不要跳崖自尽。

你敢说郭襄的心思没有赵敏玲珑？郭襄可是号称“小东邪”的女子！

郭襄只是活得太过洒脱自我。她爱一个人，从不强求，从不屑强迫，从不会牺牲一切只为苦苦哀求那个男人不要离开自己。

郭襄是牵着一头毛驴走天下，创了峨眉派的风陵师太，怎么会为了一个男子而婉转承欢呢？是啊，离开杨过的郭襄一辈子都是一个人，但即便这样，她也不会强求姻缘、不会委屈自己、不会为他而活，爱是爱，而郭襄是郭襄。

在见到小龙女的那一刻，她看到历经苦难的一对终于团聚，她只剩祝福，然后骄傲地走，再用一辈子回忆十六岁那年的烟花。

那场烟花，是只属于她的记忆。

与郭襄相比，黄蓉是多么的可悲，以黄蓉的智慧与身世，若是男儿身，想来定是不亚于黄老邪的天下英豪，但她一辈子却只能适应天资愚钝的郭靖，然后动用各种心机，赶情敌华筝，摆平东邪西毒，只为辅佐一个男人成就他的天下大义，还得聪明到足够程度，为这个男人解决一切后顾之忧，不让这个男人为了天下大义随时地牺牲自己。

黄蓉这一生在遇到郭靖之后，就没有为自己活过。

曾经，韩寒有些非主流少年的味道，现在却成了国民岳父，成了主流中的主流，说过一句尤为主流的话，那就是，我努力赚钱努力工作只是为了我的女孩不被物质所考验。

多么残酷的一句话，多么明智的一个人。

人性经不起考验，爱情经不起风雨，古人诚不欺我，久病床前无孝子，即是同理。

维持一段感情有多难，难道你必须无与伦比的强大。你必须拼命赚钱，不让爱情经受金钱的困扰，才不会有朝一日感慨贫贱夫妻百事哀；你必须拼命健身美容，不让爱情经受美色的困扰，才不会在被抛弃的那天哭哭啼啼告诉他糟糠之妻不下堂；你必须拼命提高自己的格调智慧，不让爱情经受门第的困扰，才不会有朝一日被别人嘲笑你们精神不对等，跟不上他的思维模式。

所以，你得有多努力，才能让你的爱情不经受世俗的考验，觉得有靠山，觉得有人宠你，觉得幸福，觉得现世安稳、岁月静好，这种感觉都是虚幻的，都是自我欺骗。

你必须有强大到风雨不侵的能力，才能有可能维系这段感情，护它走过风风雨雨，才能一起携手步入婚姻殿堂，白头到老，相偎看夕阳。

除了一颗不断成长、无畏风雨的心，所有的一切都是暂时的，你要的安全感，只有你自己才能给你自己。

世间没有连体婴儿，亦没有感同身受，同一个人都不可能踏入同一条河流，更别说你能肯定跟谁一定能白头到老，所谓的不离不弃，其实是强大到云来云去，宠辱不惊。

很多人看不惯王菲，归根结底，是羡慕王菲活得洒脱，而自己不能如此。

很多站在道德制高点的人抨击王菲跟了三个男人，替两个男人生了孩子，他们更多的是心疼张柏芝一个人带孩子的艰难。可是谁告诉你，你替他生了孩子，他就必须一辈子都被你拴牢的；又有谁告诉你，婚姻走不下去了，就不能终止？一辈子很长，除了人性很深，需要一天天挖掘，更多的是我们每时每刻都在改变，没有谁规定与一个人不合适还要将就下去的。而你之所以能将就，是因为你缺乏独自生活的能力。你羡慕王菲的洒脱，你怨恨自己没有能力来一场说走就走的旅行，你以为是自己没有财力，是自己负责任，要养家带娃赚钱，不能随便撂挑子。其实，那都是借口，真正的原因只是你没能力没勇气。

我有一个同事，每每办公室都能听见她骂公公婆婆老公，说老公出轨，说婆婆不喜欢孙子，说公公护婆婆。每次都蜡黄着一张脸，跟我们说自己过得有多么多么苦，说孩子生病了去医院，婆婆竟然让孩子自己走路，还是她抱了一路。

我们哑然，像这种又扫地做饭又带孩子的婆婆真的不多见，不知为何她还如此挑剔。

有一次，她又迟到，没跟任何人讲，因为她的原因，导致单位的工作出了纰漏，一帮人都被批评了。事后，她一点都没有不好意思，只是轻描淡写地说一句，孩子生病了。她觉得孩子病了，我们应该能理解，我们不禁问，你婆婆不也在家吗？怎么会忙到电话都没时间打呢？她很夸张地说，那个老太婆怎么会照顾好我儿子。

我们都不讲话了。

其实，根本不是她婆婆不够好，是她自己根本就不信任人家。天下的婆婆都一样，婆媳关系也差不多，有虐待儿媳的婆婆，却永远没有不心疼孙子的奶奶。

她对现阶段的生活不满，又实在没有勇气独立起来，一方面不敢离开这个家庭重新生活要依附于婆家，一方面她也没什么经营家庭、改善家庭关系的能力。所以，她只能成为一个怨气滔天的人。

我以前其实不是很喜欢王菲，觉得她有些不接地气，但因为她的一句话，我后来开始对这个女人青眼相加。

媒体不怀好意地问她，离婚的话，就没为李嫣想过吗？她就没爸爸啦？

王菲不可思议地看了他一眼，回道，她有自己的爸爸啊，她爸爸是李亚鹏啊，怎么会没有爸爸？

是啊，就算没有爱情了，我们还是孩子她爸孩子她妈，这一点，永远也改不了。

所以，王菲这种独立的人格才能养出李嫣这么健康积极、古灵精怪又毒舌的美少女。

而现实中，更多的人碌碌无为，离开一个人便无法独自生活，金钱脱不了单，更多的是心态不能独立，所以，在柴米油盐中抱怨，熬成了怨气冲天的祥林嫂，绘成了艺术家笔下的人间百态上河图。

幸福本是种错觉。

懦弱的人会为幸福感患得患失；愚笨的人会为之飞蛾扑火，终生追寻；聪明的人经营自己，独面风雨，再在幸福到来时尽情享受，将之当作烈日下的冰饮，困乏时的咖啡甜点。

龟缩在温室里的花朵永远不会傲然天地间，享受阳光的沐浴，清风的低拂，散发出直达心底的芬芳。

什么样的格局，注定了你能过什么样的人生，享受什么品质的幸福。

高明如黄蓉，再聪明也只是个斤斤计较，为自己男人做嫁衣裳的小女子，她一辈子恐怕都花在怎么让郭靖变得更强更爱自己上；洒脱如王菲，才是自己人生的女王，才会拥有正常对等的爱情，才会活出不一样的精彩。

无惧到最后，幸福散场之后的孤独，舞台落幕之后的空旷，也是一种享受。

所以，装扮你的女孩外形，收起你的女孩心性，不要寄希望于任何人赐予的美好，自己理智清醒地活着、奋斗、努力，然后把成功、失败都经历一遍，这样才不枉你在青春正好的时候酣畅淋漓一场。

你来，我当你不会走，你走，我就不再留。

让暴风雨来得更猛烈一些吧！

人生若只如初见

胡小兮是茫然时的我，杨歌是冷漠时的你。

胡小兮一直记得第一次见到杨歌的景象，那时杨歌正指挥一帮男生搬椅子。

阳光初下，落了风清月朗的男孩子一身，他像金色的天使，胡小兮愣愣地想，连手上的雪糕化了都没察觉。

要是能回到那时多好啊，胡小兮有点忧伤地想，所有的东西都一片空白，如果可以重来一次，她一定小心翼翼地在画纸上画下一切美好，她还要多打几次草稿，不容许有失误。

她一定要仔细调色，每次下笔前深深呼吸，不容许自己手抖，然后将他们的这幅画作成最美的旷古奇画。

她现在正在呆呆地站在十字路口边发呆，整个人都有点机械，连转动一下眼球都困难，她想，她一定是生锈了。

瞪了半天眼珠子才发现她站在一个垃圾堆旁边，垃圾堆上有一个玩偶娃娃，毛茸茸的棉絮上黑的红的一片，掩盖了原来纯澈的天蓝色。

哪个坏小孩涂鸦的，好好的一个布娃娃就被毁了，多可惜，胡小兮愣愣地想。

胡小兮生锈的大脑转动了半天才木然地觉得，她也许，应该，或者要去坐地铁了，她还要去另一个城市上班呢。

还好没迷路，胡小兮坐在返程的大巴上就一个念头，以后该怎么办呢？

是啊，以后该怎么办呢？

手机“叮咚”一声清脆的提醒，屏幕上是周青发来的消息：“你人流啦？”

还有一个坏坏的笑脸。

什么跟什么啊，胡小兮不满地想，滑开信息飞快地回了个不爽的白眼。

“你妈嫁人啦？”她骂了一句脏话。

“你讲话真不讨人喜欢，我只是关心你，干吗扯到我妈。”周青的口气很不满。

胡小兮觉得自己也许是有点过分了，是啊，她自我保护意识总是这么强，敏感，她自己都觉得自己的形象很不堪。

“你瞧瞧你现在是什么样。”脑海里杨歌冷冷地看着她。

“这种女人你也要。”脑海里那个医生鄙夷的声音像魔咒一般回响。

胡小兮忍着要掉落的眼泪，她拼命地深呼吸，不行不行，不能哭出来，就算没有人爱我，我也要自己爱自己，我一定要坚强。

“非关癖爱轻模样，冷处偏佳，别有根芽，不是人间富贵花。”

她特别喜欢这句词，她觉得她可以这样安慰自己：即便没有人欣赏我，我也可以自己爱自己。

可是，她又觉得不配，她跟雪花终究是不一样的，雪花是没人发现美，而她，是讨人嫌。

她每次纠结的时候都喜欢倔强地抬着头，她希望她的倔强可以撑起自己的自卑。

她哪能配得上称自己是那么冰清玉洁的雪花呢？她觉得自己的样子真的糟糕透了，她觉得自己可能就是泼妇，甚至是个疯子。

她根本就不值得被爱，更别说顾影自怜了。她想找个地洞藏起来，她真的好讨厌那样的自己，她觉得生无可恋，她又觉得如果从此遗世，那么自己的形象会不会一直这么糟糕，她是不是应该好好修复，变得更好。

可是，不行的。

再怎么变，她的那些糟糕已经全部留在杨歌心里了。再怎么变，那个在杨歌生命里撒泼发疯的人还是她胡小兮。

改不掉的，发生过的，再怎么变也变不掉的。因为人生不能重来，她多想像擦错别字一样用橡皮擦掉那些不美好的东西。

周青的信息又发来了：“你到底怎么了？晚上一起吃个饭？”

“什么怎么了？”

“那条信息。”

胡小兮这才木然地想起，自己在十字路口边呆愣的时候发了一条信息：你很难体会孤独的感觉，如果你一个人在人流交汇的十字路口徘徊过。

地址默认显示为省中医院。

怪不得他会误会。

“把人流后面的字去掉才是真正的孤独吧。”周青又毒蛇地给了句评论。

手快打出的“你妈”两个字在没发出去的时候又被胡小兮删掉了，她默默地叹了口气，想了半天，又赌气样地打出“你妈”发了出去。

她就是爱跟自己较劲，明知不可为而为之，然后撞得头破血流。

杨歌爱美好的女子，而她有很多不堪，她知道，偏偏不想改，她觉得真正的爱情不是挑剔，是包容。

她执着地想证明杨歌爱的是真正的她，诚然，她觉得那个不堪也是成长过程中留下的印记，也是真正的她。

她总觉得如果杨歌真的那么嫌弃她，那干脆不如分手，毕竟刚认识他的时候，她的这些不堪就存在啊。

她想变得好，但是变得再好，与杨歌打架，把他抓得遍体鳞伤，然后歇斯底里骂人的那个人也是她，不会是别人。

她可以变得好，但是需要有另一个人给她重新开始的勇气。

但她真的舍不得，她好舍不得。

其实一切都该结束了。

她从来不觉得两个人发展到这般难以启齿的地步还可以继续下去，她像是将自己最破落的样子展示在他面前，然后，他的每一个眼神都是她不愿想起的丑陋。

更何况，他们还在两个城市工作。

“胡小兮，我谅你是个女的，别扯我妈，不然我跟你急！”周青抓狂地发来一句。

我怎么这么讨人嫌，这么喜欢挑战别人底线呢？

胡小兮知道，不美好的人是没人会喜欢的，想当初，刚认识的时候，她把自己包裹得多美好啊，那样虚假的自己，杨歌才会喜欢吧。

后来怎么会变的呢，是因为她觉得杨歌是真的爱她，爱的不离不弃，爱的非你不可。然后，她就疏忽了，她的那些尖锐，那些“虚情假意”就全没了。

是的，她暴露了。

因为觉得他爱自己，她变本加厉了，甚至比原本的自己还肆无忌惮。她觉得终于有个人可以无条件地宠自己了，她好喜欢这种感觉，她把每一个不好的感觉放大，然后通过发脾气的方式撒娇。

是神经质吧，她都觉得自己神经质，难怪杨歌受不了，难怪谁都不喜欢她，可是她真的好委屈啊。

她像是一个不知道自己有两百斤的胖子，然后一屁股坐在别人腿上想小鸟依人，真的好没自知之明啊，你怎么就知道自己不会压垮别人呢。

然后她发现，爱情真的是要经营，是经不起考验的，杨歌他真的很后悔与自己在一起。

她一直记得他红着眼圈，无限懊悔地低吼，为什么是我，为什么是我遇到你，然后将拳头狠狠地砸在墙头。

她还记得她的反应，她应该是扇了他几巴掌，这是她一贯的作风，用愤怒包裹委屈，像个没有自知之明的胖子一样一屁股坐在人家腿上想小鸟依人，人家被压疼了，皱了几下眉，她又敏感地觉得人家嘲笑自己体重，然后又想学女主角一样捶男主角的胸撒娇，结果把人捶伤了。

她说没恶意，有人会信吗？她真的好想靠近杨歌，她冷，反而把杨歌冻伤了。

胡小兮觉得自己活像只小丑。

她真的不想去想那些，她特别讨厌那样的自己。

她想，她应该是病了，或者，她从来就是个神经病。

是啊，杨歌，你怎么那么倒霉呢，怎么偏偏是你遇到我呢。

胡小兮眼泪吧嗒吧嗒地往下掉，她真的特别恨自己刻薄的言语，动不动就动粗的行为，她想，她估计连女人都算不上。

是连女人都算不上，杨歌这么讲过。

那为什么一直没分手呢？

杨歌说过，是因为他们性格里的缺陷，他们彼此都很难做决定，彼此都惧怕改变，所以才蹉跎到现在的。

大巴停了，她扶着扶手，艰难地弯腰下了车，一束强烈的光照了过来，胡小兮眯起了眼睛，看着明朗的天，还真是恍若隔世呢。

看了看表，九点了，她抱紧背包，飞快地向单位跑去。

领导不悦的眼神扫过来，她低着头，咬紧了唇赶紧在椅子上坐下，连书包都不敢放，生怕弄出什么响动，吸引大家的注意。

她想挖个洞把自己埋起来。

“真搞不懂现在的女孩子怎么这么不自爱，老往男人家跑。”领导一走，陆小小刻薄的声音就响起来了。

“是啊”“是啊”两声附和声传来。

胡小兮把头埋得低低的，她很累，真的没什么力气跟她们辩解，其实辩解也没什么意义。

她想起之前，陆小小也是这么说，她一直愚蠢地当她是善意的提醒，然后很努力地辩白，说自己很守规矩，没做什么出格的事。

然后陆小小满是嘲讽的声音再次传来，你男朋友不会不行吧，你每周都去还没出格？

胡小兮愤愤不平地解释，但陆小小被脂肪撑得雪白粉嫩的脸上露出爱答不理的表情，她的努力辩解显得苍白无力。

就是再涉世不深，她也能体会到其中的敌意。

她当时很生气地给杨歌打电话，希望杨歌安慰自己，毕竟同事确实很刻薄。

那时，她正在逛商场，她自己从来都在街边小店买衣服，对此，她总是喜欢乐此不疲地炫耀，自己气质好，人家是人靠衣装，她是衣靠人撑，再地摊的衣服也能被她穿出大牌范。

他其实是怕杨歌伤面子，杨歌从来不喜欢别人质疑自己的能力，所以，她受的每一个苦都必须找出乐趣，因为只有这样，杨歌的自尊心才不会受伤。

杨歌工作体面，自己又不怎么逛街，所以她想在商场给他买身衣服，那时，她愤愤地说完，电话那头的杨歌半天不讲话。

她觉得气氛不对，试探地问了声，“你怎么了？你生气了吗？”

杨歌低沉的声音传来，有种恼羞成怒的感觉，“你怎么跟同事处关系的！还有，你怎么什么都跟同事讲！”

胡小兮生气了，她觉得受气的是她，而且，那些人也不会见到杨歌，而且，又不是别人说他不行他就真不行的，别人只是变着法子打击她，跟他无关。

他怎么能觉得是因为她的关系导致坏了他维持已久的形象，跟她气急败坏呢。

她知道杨歌特别在乎形象，也在乎别人的看法。

她觉得，现在杨歌应该安慰她别理会这种同事，然后色色地调戏她一句，你倒是看看我行不行?

她所有的朋友都羡慕她有这么个男朋友，因为她们觉得他负责，觉得他怜香惜玉，哪个男孩恋爱时不是下半身动物，又怎么会考虑女孩子所受的伤，只有杨歌不是这样的。

所以，其实她觉得他这么凶她，她真的很无辜。

杨歌真的很要面子，而且对于能给自己贴金的东西都是看在眼里自带发光效果的，反之则不然。

其实她也知道他不是物质，他只是思维比较单一，而且，从小他父母就是这么教他的，她不怪他。

他的贴心也是程序化的，对于胡小兮这么缺乏温暖的人来讲，一开始很惊艳，但是久了就会感觉到，其实杨歌有些机械了，机械地对她好，机械地按照既定的人世准则做到每个人眼里的最好。

优秀，但是缺乏鲜活气，胡小兮总觉得杨歌只是对自己女朋友好，而不是她胡小兮这个人。

所以胡小兮很没安全感吧。而且，她总不能时时刻刻都让他以自己为荣。

比如今天两个人打架打到医院去就很让杨歌丢人。

她是个很奇怪的人，明明两个人互殴得你死我活，她看着他嫌弃愤怒的那张脸，却特别想抱住他，然后求他不要生气，自己会乖乖的。

杨歌被医生带去敷药，然后她在外面等他，她特别想他，所以就偷偷在门外看他，然后她听到那个医生一脸不屑地对他说，兄弟，这种女人你也要。

语气里的不屑，胡小兮立马红了眼圈，她死死地咬着唇，告诉自己不要哭。一个陌生人而已，有什么可值得哭的，可是这些人怎么能这样呢，自己每周都大老远跑来见男朋友，就是不想跟他分开，自己那么爱他，再说，杨歌也还手了啊。怎么偏偏我就成了这种女人?

胡小兮听完医生的话想走，但是她下不了决心，她觉得自己走了估计就真的跟杨歌断了联系了，她狠不下这个心，她舍不得。

但是她知道，那个医生的话会一直留在杨歌心里，然后她的每一次出格的举动都会在杨歌眼里放大，然后那个声音就会不停地在他的脑里回响：这种女人你也要。

杨歌是真的不会爱人呢？还是，杨歌只是不爱她。

“胡小兮，该你拖地了。”陆小小的声音传了过来，她轻蔑地将拖把递给她，示意她去拖地。

胡小兮一言不发地接过，然后两只手拿着拖把，把腰弯成45

度，跟在陆小小后面认真地拖着每一寸地。

这是陆小小教她的，刚来的时候，从上到下，从里到外，她都被陆小小教训过，包括拖地时握拖把的姿势，然后所有人都看着陆小小为难她，有的附和，最善良的，不过是围观。

这些同事讨厌她也并不是她真的就那么讨厌，是因为她刚毕业就考到这么好的单位，而她们，一辈子都不会有编制。她们跟所有有编制的关系都不好，可唯独她跟她们暂时在一起工作，而且她是个刚毕业的新人，可以被这些人摆着前辈的架子随意拿捏。

她们孤立针对她着实是个历史遗留问题了，可杨歌不会愿意知道。

她无法跟杨歌解释，杨歌也不听，杨歌只会将问题都归类到她身上，他甚至在气急的时候会跟她讲，怎么可能不是你的问题，连你家亲戚都不喜欢你，你又跟谁处理好关系过。

他说的时候也许无意，也许气愤，但是真的伤到她了。

她的童年永远是个痛，也正是这个痛让她已经缺失了爱的能力，她所有的胆怯、敏感都是那时候的条件反射。

甚至，她爸一抬手，她都会下意识地躲开，她是被打怕了。

所以，生气时才会下意识地暴力相向保护自己的吗？

可想这些又有什么用呢？又能挽回些什么呢？她的这些事，她已经跟杨歌讲了很多遍，那时，他想让他珍惜她。杨歌知道，所以，杨歌不是说了吗，连她亲戚都那么讨厌她，问题怎么不可能是出在她身上呢。

不爱一个人，又怎么会怜惜她，连童年的阴影都是她的错。

今天因为自己比较不在状态，被办事的人投诉态度不好，她们是坐前台的，工作比较紧凑，但她反应有点慢，好在有点慢，所以被领导训斥的时候也没以前那么生气地辩解，她只是温顺地点点头。

投诉她的人可能是有点背景的，电话直接打到主任那里去了，主任很诚恳地道了歉，说自己刚来，是个实习生，难免有些不上手，希望他原谅。挂了电话之后便把她叫到办公室去了。

说实话，被训斥的时候她还有点伤心，因为那个办事的人在她通知错了让他白跑一趟之后，面对她充满歉意的眼神还说了句没事，那时，她真觉得他是个好人，怎么转身就告状到领导那儿去了呢。

是不是所有人都这样表面一套背后一套，那个医生也是，看到她的时候问了一句，谁会跟女孩子打架啊，转身对着杨歌就冷冷地鄙视她这种女孩不能要。

他说谁会跟女孩子打架的时候，她委屈地都快哭了，她知道自己做得不够好，可她多希望得到宽慰，得到理解，这些善意能够给她勇气让她改变。

可转身，换了张脸，她的委屈就像个笑话，所以说，真的不能交付真心，因为交付之后面临的，很可能是更伤心。

杨歌偏偏是那么听谗言的一个人，她要是知道那个医生表里不一，就不会让杨歌单独跟他进去了，她多想所有人在杨歌面前夸她，然后杨歌才会加倍爱她。

她又多渴望他的爱。

这种渴望让她觉得卑微，她又倔强地不想承认，她时时都在骗自己，是自己魅力大，杨歌才不离开她，可她知道，其实一直是自己缠着杨歌，他才没有离开她的，杨歌的机械设定里，有怜香惜玉这个词。

如果她放手，相忘于江湖，是再自然不过的结局。

她是卑微，在下班之前发了条微信给杨歌：杨歌，我去跟高中同学吃个饭，结束了就回来。

她跟杨歌不在一个城市，她执着地跟他报告她的每一个行踪，她想给自己营造一个杨歌很关心她的错觉。

是啊，是自己营造的一个错觉，杨歌什么时候主动问过她的行踪呢。

四点半发的，然后删了聊天记录，然后又从联系人里翻开杨歌的名字，点开对话框，时不时地看一下，生怕错过杨歌的回信，她觉得自己姿态有些低，点了几次之后赌气地关了手机，然后又重复了很多次拿起手机看屏幕的动作。

她这么寂寞，一直一直都在唱独角戏。

直到下班，杨歌也没联系她。

她拿着手机发呆，她特想打电话过去，听听他的声音，但是她有她的傲气。

周青电话打来了，胡小兮想都没想就接通了，“胡小兮你在哪儿呢？快到新天地的星巴克来。”

“去川知味吧，我想吃牛蛙。”

咖啡是在赋新词强说愁的时候喝的，她现在需要逃避，需要发泄，她不想示弱，不想坐在咖啡店听着靡靡之音，对着一个男同学哭诉自己的悲惨。

她的人生已经够悲惨了，她现在要做的，就是擦干泪，然后抬头倔强地看天，一如她一贯的姿态。

都多少年了，这种感觉又回来了，果然幼年的烙印是救赎不了的，已经深入灵魂了。

她从背包里摸出两个硬币，垂着头，站在站台下等公交车，陆小小经过她，她刚想打招呼，陆小小目不斜视地走开了。她咬了咬唇，默默地对着站台上那些行色匆匆的人露出一抹笑，她想告诉别人，她不伤心，她不难堪。

公交车远远地来了，候车人早就一股脑涌了上去，留下她一个人立在原地，静静地展露着微笑的表情，像一朵倔强孤独的梅花，等车靠近。

新天地的人并不是很多，至少跟杨歌所在的城市是不能比的，离川知味还有一定距离的时候，她就看到周青双手插在裤腿里来回转悠。

她细细端详了下，发现跟自己记忆里的周青还真不一样了。

周青是她妈妈同事的儿子，跟她一届的，从小就认识，小学、初中、高中一直在一起，念大学就不在一个城市了，可以算是青梅竹马。

但她一直不愿意承认他们是青梅竹马这种关系，因为她觉得这个词很暧昧，而周青跟她一直却是竞争对手的关系。

如果说生性要强的胡小兮曾经被别人家的小孩打击过的话，那就是非周青莫属了。

但也只有一次，就是念初中的那次，其余的时候，周青都是她的手下败将。

此番，那个她以前不太看得起的手下败将正一脸吊儿郎当状，他变化真的很大，以前白白净净仿佛能看到血管的皮肤现在被晒得黑黝黝的，纤纤弱弱的身材现下居然能看出些许粗莽大汉的味道了。

她在打量他，他也在端详她。

周青一脸戏谑地一把拍在胡小兮肩上，“行啊，几年不见，当年的小胖妞倒变成窈窕淑女了啊。”

胡小兮矜持地没有答话，她一直不太喜欢本地的男生。

本地有两种男生：一种是以前的周青，安静害羞白净纤弱，无趣到只知道学习，没有一点胡小兮所谓的能力；一种是现在的周青，油腔滑调老不正经，一天到晚只知对女生评头论足。

周青不巧，全占齐了。

胡小兮对他笑了笑，然后看着他搭在自己肩上的手默默地皱了皱眉，周青不着痕迹地打着哈哈，放下了。

两个人坐下的时候，胡小兮认真地看着周青，突然就伤感起来。

“你妈，还好吧？”

或许不该问，她还是问出了口，她看到嬉皮笑脸的周青突然安静下来了，嘴角扯出一丝苦笑，“还能怎样，总不能不过日子吧。”

胡小兮刚毕业，考到离家不远的一个事业单位，她妈听说周青也在，就撺掇着让他们见见，毕竟有个照应，还有一种心思，她妈想炫耀一把，因为周青在一个工厂打工，而她在体面的事业单位。

从小，两家家长就把攀比的思想加注在孩子身上，压得她透不过气来，因为她是女孩，周青是男孩，他们家乡特别重男轻女，她妈觉得低周青他妈一等，所以更是事事不许她在周青之下，久而久之，他们都对彼此有些敌意。

周青根本不喜欢看书，但因为怕他妈妈的碎碎念，每次都看似认真地捧着个书坐着，其实是在偷偷看胡小兮。

“你从小就喜欢看书。”周青指了指她包里露出一角的《白鹿原》。

胡小兮本来在想周青家的变故，已经忘了杨歌了，这下又想起来了。

杨歌喜欢看《白鹿原》，看了一遍又一遍，她其实不喜欢这种现实派的文学，太重了，她承担不起，她喜欢村上春树、川端康成、泰戈尔的缥缈。

但是她想多了解杨歌一点，她想跟他有共同话题，又太忙，没大把的闲暇时间，所以她随身揣了本《白鹿原》，一闲下来就翻几页。

“你还记得?”胡小兮怕冷场，随口调侃了句。

“那是，读书跟胡小兮，可是我童年的两大噩梦啊。”

周青咧着半边嘴坏笑，他点好菜后顺手给胡小兮倒了杯水，加了不多大麦的茶，胡小兮尝了一口，不浓不淡，味道正好。

“你倒是一直这么细心。”胡小兮想起他小时候，一个男孩子，没她聪明，却次次数学都比他好，老师对他最大的褒赞便是细心。

“不细心怎么行呢，一大家子等着我照顾呢，不能出一点错啊。”周青口气轻松，给胡小兮倒水。

这么一副粗壮的身躯，做事倒是温柔。

胡小兮垂着眼睑，低低地抿了口茶，茶水的香味顿时成了苦涩。

这次答应出来其实不是听妈妈的话来炫耀的，是因为听了他家的变故，她从小就没什么朋友，他勉强可以算一个，虽然他们真的只是对手，被父母强促成的对手，但毕竟是从小一起长大的。

她想关心他一下，虽然见了面发现也没什么可说的，能说什么呢，人命大于天，任何安慰都显得那么轻飘飘。

周青的爸爸去世了，是电死的。

她记得那个叔叔，长得很帅，很有能力，不同于年幼时周青的纤弱白净，周叔叔却是白手起家的豪杰人物，不同于周伯母的刻薄，每次见到她，都会给她很多糖果的周叔叔一直是她羡慕周青的理由。

她多希望有那么一个爸爸，能变出很多糖果，能把她架在头上当大马骑，能让她随意地笑，随意地撒娇，能不想写作业时不用挨板子。

她羡慕所有轻装上阵的孩子，可以不用心怀愧疚就能肆无忌惮地享受父母的呵护跟宠爱。

杨歌一直说她不能受一丁点苦，不能有任何压力，他可能难以想象，有一种人，她吃的每一粒米，她活着的每一天，都有人教育她要感恩，她背负了很多的愧疚、感恩，她的心上是层层枷锁，再多沉重一点，她就要垮了。

所以，她从来不喜欢看纪实文学，里面描写的故事太沉重，而她的生命，似乎已经不能再承受什么。杨歌说她不现实，不通人情世故，不讨人喜欢，排斥所有人与事。

她觉得他说的再正确不过。

可是，为什么还要委屈呢？胡小兮忍着眼泪，吸吸鼻子，仰着头看天花板。

是因为她觉得杨歌爱她，所以自己可以不用再承受，终于可以卸下一切沉重，终于可以在他面前娇滴滴了吗？

杨歌，其实你错了，胡小兮是最会吃苦的人，只是她享受在你面前的手无缚鸡之力，你怎么嫌弃了呢？

该我吃的苦，我一丁点都不会逃避的。

可是怎么办，杨歌不信，胡小兮想用暴力表达自己的委屈跟不满，结果反而把杨歌伤害了。

更加受伤的，是胡小兮大步往前走的勇气。

原来，永远不可能有一个人能够让你肆无忌惮。

她其实一点都不怪他，她只是不知道怎么面对他，她觉得站在他面前的自己是丑陋不堪的。

她真的想在他面前表现最美。

想起杨歌的脸，她心里被扯了一下，眼泪吧嗒吧嗒往下掉。

“胡小兮你怎么了？”周青被吓坏了。

“我爸去世了我都没哭成这样，你别啊，我家倒不了，这不还有我吗?”周青急急地扯面巾纸，然后手忙脚乱地给胡小兮擦眼泪。

他以为胡小兮是为周叔叔哭的。胡小兮突然觉得周青真是个单纯的好孩子，相比较她看不透的杨歌来说，这种单纯让她觉得轻松。

胡小兮愣了一下，自己怎么会拿周青跟杨歌比较呢，毕竟在她眼里，周青比杨歌差了好多。

“没事，我被辣到了。”胡小兮捂着眼睛，然后端起水杯一饮而尽。

吃完之后周青硬是要把她送回家，她翻着手机，走在前面，周青走在后面，也不找话跟她讲。

杨歌每次都是走在她前面，她怕被落下，都是拉着杨歌的衣袖，然后杨歌就不能走得很快了，但是吵架的时候，他依旧走得很快很快，把她丢在后面，她就习惯了对着杨歌的背影发呆。

脚下的地不太平，周青快跑两步，一把扶住了差点崴倒的她，她道了声谢，顺其自然地，两人就并排走在一起了，胡小兮有一搭没一搭地跟周青聊了起来。

这一聊才知道周青为什么把自己弄成现在这副模样。

他爸去世之后家里彻底翻了天了，妈妈什么都不懂，也没工作，周青毅然决然放弃正在念的研究生，跑到一个与他爸的电厂做相似业务的工厂打工，做最累的活，从基层干起，然后一步步学工厂的运营操作。

他是个高才生，原本家里根本没打算让他接管周叔叔的工作，他们觉得他应该有更高的天，但是出了这个事，他不想让父亲的心血白费，他要承担起这个家。

他说这些的时候西天边的斜阳正照在他的侧脸上，胡小兮情不自禁地看过去，那个黝黑的、一脸坚毅之气的男孩子可真是个男子汉。

这哪还是写作业都要看看她的周青呢。

她一直记得第一次见到周青时的样子，他那时候刚从别处转学而来，白白净净的一个小男孩，嘴唇嫣红，跟涂了口红似的，衬得白玉般的肌肤更是剔透可见血管。

他低着头站在讲台边，双手紧紧地握着，老师让他坐在了她后面。

后来才知道这个小男孩是她妈妈同事的儿子，再后来，周青每次都喜欢偷偷趴在她耳边看她在干什么，然后跟着学。

那时候她讨厌极了他，她觉得他可真是够没主见的。

这一跟就是跟了一路，初中、高中一直在一起，还记得六年级时，老师一个个问报考的意向初中，然后问到周青了，周青脱口就说："胡小兮报什么我报什么。"

至此，小学同学中就流传了周青暗恋胡小兮的传闻。

胡小兮对此一直嗤之以鼻，周青只是个跟屁虫而已，而且是越看越讨厌的那种。

不过好在初中之后周青就不怎么学她了。

那时候他们还在一个班，胡小兮胖得不忍直视，周青倒是成绩好长得好打球好，一派风流倜傥样儿，也是从那时候开始，他的油嘴滑舌泼皮扯淡初见端倪的。

那时候的周青跟她简直就是两个世界的人，这真是胡小兮最惨不忍睹的一段经历了。

但是好在周青离她也比较远，两个人根本没有任何交集，形同陌路，互相就当不认识。

那时候传闻周青喜欢他的校花同桌。

突然想起这茬儿，胡小兮忍不住问出了口："小白怎么样了？"

周青愣了一下，半天没反应过来。

胡小兮住的地方到了，周青回过神来，挠了挠头："哈哈，再晚就没车了，我的工厂还在郊区，哪像你那么好的单位在市中心，我得走了啊。"

周青转身晃了晃身子，然后想起什么似的，又转过头来："有什么事记得跟我讲，有个照应。"

他想伸手，到胡小兮肩膀边又停住了，然后挠了挠头，转身跟她挥了挥手。

胡小兮目送他走远，然后转身上了楼。

那天晚上，她忍着十二分的冲动想给杨歌打电话，微信登了又退，没有任何信息。她对着微信的通讯录翻，里面那么多的人，居然连个可以说话的人都没有。

木然地翻到杨歌的名字，就对着发呆，杨歌下面的是他的同事，胡小兮还记得这个人虽然加了她，但是已经把她删了，是杨歌删的。

还记得那个同事加胡小兮的时候，胡小兮跑过去告诉杨歌，杨歌整个脸全黑了，然后对着胡小兮的手机研究半天，胡小兮怯怯地看着他的表情，试探道："要不我把他删了？"

杨歌口气不是很好："你删他肯定知道。"

"那怎么办？"

杨歌没说话。

之后胡小兮再问起，杨歌说没事，已经从同事手机上把她删了。

胡小兮的不满终于发酵开了，她觉得自己就这么让杨歌丢人，这么让他小心翼翼藏着，生怕自己给他闯祸吗？

她知道自己有很多不好，可也还没不好到这个地步吧？如果她需要这么藏藏掖掖，那么两个人还有什么继续下去的意义呢？

胡小兮嗓门有点大。

杨歌理所当然，一点都不觉得伤了胡小兮脆弱的自尊心："谁让你老是在微信上发些奇怪的东西的。"

胡小兮呆呆地看着这个充人数的"僵尸号"，也就是从杨歌的这句话开始，胡小兮再也不想发微信了。

好像也不是赌气，就是突然觉得发那些陌生人不会管、亲近的人觉得反感的信息很傻。

现在自己又在干什么呢？她赌气地把手机扔在床上，一把拉起被子睡觉。

关了灯，房间很暗，很静，胡小兮一点都不困。

她转身拿起手机。

"周青，你还没告诉我，你跟小白呢？"

她一直是个打破砂锅问到底的人，糊弄她不太容易，怕也是这样，自己的这段恋爱才如此一塌糊涂的吧。

手机那边的人回复很快，“我说你怎么这么八卦呢，我都没问你情史!”

“因为你的对象是我同学，还是校花。”

“校花?”

“对啊，校花的情史多引人关注，我其实是在八卦校花，跟你无关。”

“我都不知道那妞还是校花? 哈哈，我只知道那时候的胡小兮是个胖墩儿。”

胡小兮一头冷汗，初中同学一提起她都爱拿这事说她，青春期，谁还没几次发福的经历。

她还记得刚认识杨歌的时候她也算是个小胖妞，可那时候杨歌抱着她依旧跑得飞快，后来胡小兮以一年五斤的趋势瘦成了一道闪电，杨歌反而抱不动她了。

周青一直在岔话题，胡小兮也没再问的欲望了，渐渐地就困了。

梦里，又见到了杨歌，他穿着白衬衫牛仔裤，清爽的碎发在阳光下毛茸茸的，他在跟社团里的女孩子在交代什么事，那个女孩的样子不太清晰，感觉应该很漂亮，他们两人站在一起真配。

胡小兮有些吃醋，立马跑过去，拉着杨歌的胳膊，可杨歌皱了皱眉，没搭理她，那个女孩也跟没见到她一样，这种漠视让胡小兮很不爽。

结束后，她缠着杨歌旁敲侧击地说那个女孩不好。

杨歌语气有些不满，林婷儿那个丫头多好啊，别这么说她。

杨歌斥责。

胡小兮不干了，瞎胡闹起来。不知怎么地，胡歌就跟林婷儿走了，把她一个人扔在空无一人的教室里，天黑了。

胡小兮很生气，打电话给杨歌，边哭边骂，然后杨歌又在天桥下等她，她二话不说过去就给了杨歌几个巴掌。

天桥下人来人往地看着。

杨歌被打愣了，胡小兮也愣了，心里的空虚害怕没有减少一丝一毫，反而愈加旺盛。

这股悲伤蔓延蔓延，胡小兮就醒了，她睁着眼睛，幽幽地在黑暗里发了半天呆，然后拿起手机，点开微信，给杨歌发了一个消息。

“我们分手吧。”

她的寂寞，杨歌填不满，她又对杨歌期许太深，寂寞到最后，都成了带锋的剑，将杨歌伤得遍体鳞伤。这段感情，没有谁是坏人，归根结底，其实就是一句话，情之一字太重，而我们，都承受不起。

若不如初见，真不如不见。

人生有那么多的可能性，但是人生没有如果。

如果有如果，那该多好。

如果有如果，那么胡小兮希望自己成长到足够完美的时候才遇见杨歌。

这样，她所有化茧过程中的不堪，所有浴火重生前的歇斯底里，都没有让他见到。

她多么希望，她历经风雨，已经将自己打磨成最完美的鹅卵石，不带任何棱角，不会将他刺得遍体鳞伤，然后带着微笑，站在他必经的路旁。

她多希望，能够将最完美的自己呈现给他。

如果有如果，那么她希望在她生命的最初就遇见他。

这样，她不必独自咬牙等着每一个伤痛愈合，不必蜷缩在无人的街角，舔舐年幼无力时，难以抵御的那么多外界撕裂的伤口。

她不必长成如此这般，无力、迷茫、脆弱，又神经质的模样。

她多么希望，在人生的最初就遇见他，那时她还什么都不懂，那时她那么容易就可以变成他喜欢的模样。

而不是现在这样。

桃花落，闲池阁，山盟虽在，锦书难托。莫莫莫！

发完，想关了手机，却看到周青的消息，显示的时间是 1 点 30 分。

“你还记得十岁那年那河小学的铁树吗？

“我一直不会忘，有个小女孩喜欢坐在树下看书，阳光洒了她一脸，斑斑驳驳的样子。

“我总是坐在她身边学她看书，其实，我只是想帮她挡铁树子而已，毕竟那些男孩子太挑皮，老用它砸人，哪像我那么怜香惜玉？

“后来装模作样地看书的时候看到一句诗，“人生如只如初见”，然后这幅景象一直一直就配了这首诗在脑海里了。

“哈哈，说了这么多其实就是想告诉你，小白在我眼里就是个雪白粉嫩的钢牙妹。”

胡小兮关掉手机，一夜无梦。

那个阳光下指挥若定的少年，也随着这首诗，汇成了一幅背景图，一直一直藏在了她的心里，永永远远不会褪色。

人生若只如初见，那该多好。

围 城

M 小姐是失望时的我，Z 先生是无措时的你。

M 小姐与 Z 先生认识七年了，七年说短不短，说长不长，却也构成了十分之一的人生。

在七年的前四年里，他们是所谓的校园情侣，校园的每条小道上都能留下他们亲密无间的身影，Z 先生并不是很外放的人，却甘愿在校园里陪着 M 小姐各种撒泼耍赖玩琼瑶戏，并且乐此不疲，M 小姐一度以为，他们会如此亲密无间到老。

毕业之后，他们有一阵子的异地恋，大概七个月，那时候 M 小姐整颗心都在怎么跟 Z 先生团聚上，因此工作做得十分不用心。

有时候同 Z 先生吵架了，同事能看到 M 小姐红红的眼睛以及心神不定的样子，M 小姐恨透了异地，觉得自己同 Z 先生隔了什么，毕竟情侣之间的有些东西要靠当面才能传递。因此，M 小姐每天的任务就是回到那个华丽的出租房，然后穿过那条黑黑的楼梯，上到二楼的房间里，紧紧地锁上门，同 Z 先生通话。

那时候她住得有些高，地势也不在城中央，因此信号不太好，即便电话那边的声音忽小忽大，她也努力说出每一件发生的事情，大到同事小到地上的一只蚂蚁，其实很多次她已经困得睁不开眼，但她依旧努力去说。有时候放下电话，周围一片寂静无声，一种无趣感扑面而来，她立马甩甩脑袋，把他们都甩走。自己一直以来的坚持就是能够同Z先生在一起，怎么能说这种坚持是无趣呢。

到那时候，她依旧执着地认为，自己同Z先生还是此生唯一的灵魂伴侣。

她觉得一切因素都是这条江造成的，如果自己跨越了地理上的距离，是不是就可以如最初时一样，能够同Z先生回到那种她为之向往的关系。

但是很多的时候，不是他在变，就是你在变，或者，世界也在变。

当M小姐成功地放弃一份好工作来到Z先生的城市的时候，她同学车时认识的朋友搬进了她简陋拥挤的出租房，同她窝在一张床上，这一切都是因为要省钱。

即便来了同一个城市，也并不是每天都能见到面的，因为，Z先生的工作上了正规，整天非常忙碌，并且，Z先生同几个领导住在一起，M小姐不方便过去。显然，Z先生更不方便来M小姐这里。如此一说，倒好像是依旧是异地恋，每晚，M小姐就缩在那张破床上，同Z先生一起打电话。

因为对前途的焦虑，M小姐时常同Z先生吵架，话里依旧夹杂各种难听的话，有时候Z先生还是会一言不发地挂电话，但这个时候，M小姐已经不像异地时那么惊慌了。毕竟，只需坐几十分钟的公交就能去找他，有什么值得惊慌的。

感情到这里，想来已经微微变质了，M 小姐开始思考一个问题，那便是自己一直这样绕着 Z 先生转到底有何用。

每一个感情专家都在告诉姑娘们，感情的事，一定要处于被动，仿佛但凡你主动，就失了身份，失了一个女孩子该有的高贵一般。

M 小姐开始被这些言论洗脑，她觉得自己可能有些地方做错了，简陋的出租房，不怎样的工作，和 Z 先生越来越糟糕的关系，还有自己渐渐冷淡的激情。

然而现实却与她开了个大玩笑，M 小姐怀孕了。

M 小姐是个乖乖女，从来没想过怀孕是如此轻而易举的事，Z 先生也是一个负责人的人，怀孕了，那就结婚吧。

本来结婚也是水到渠成的事情，只不过被这个意外给提前了两年而已。

说到结婚，M 小姐自己想了一下，自己同 Z 先生的疏离恐怕就是因结婚这个事初现端倪的。

大四毕业那年，M 小姐的妈妈同 Z 先生谈过几次结婚，Z 先生的表情算不上好看。M 小姐很不满，甚至为此事同 Z 先生打过架，他们小打小闹惯了，但 Z 先生一直让着 M 小姐，这次 Z 先生颇有些气急地同 M 小姐对打了一翻，M 小姐的胳膊上被留下一个抓痕，一直没消掉。对此，M 小姐颇有些记恨。

按照 Z 先生的说法，自己那时候没底气谈婚姻，可实际上，M 先生的情况特殊，他是一名颇有前途但是家境贫寒的公务员。按照 M 先生所说的过两年，是绝对赚不够结婚的钱的。所以，过两年这个说法不成立，M 小姐一直觉得 Z 先生在骑驴找马，骑着她这头驴，找官二代家的马，好对自己的事业有帮助。

别怪 M 小姐这么想过分，事实除了这个可能她想不出别的，赚钱买房，Z 先生赚十年不吃不喝都付不起首付，那拖着的原因是什么，只能是这个。

但是 M 小姐渐渐对 Z 先生的态度死心了，再加上自己生活拮据，她开始认真地坐在简陋的合租房里想将来的时候，她怀孕了。

既然怀孕了就结婚吧。

牵着 Z 先生的手进民政局的时候，Z 先生的手微微冒着汗，M 小姐噘着嘴，不是很高兴，内心升起一股鄙视。

大约从这时开始，M 小姐开始从恋爱中的女子脑袋进水的局面中出来了。

M 小姐挺了个肚子当新娘，还要领略家在北方的 Z 先生家的各种规矩与大男子主义，愤怒爆发，在怀孕之后这段日子几乎日日吵架，没过过几天好日子，这段时间，Z 先生也是毫不相让，还没以前疼惜 M 小姐，想来也是压力大，一切来得太过突然导致。

但那又怎样，孕期的坏印象彻底留在了 M 小姐的心里，M 小姐至此恨 Z 先生恨得不知所以。

产假期间 M 小姐是在自己的家里，还是半个孩子的 M 小姐自己带了五个月孩子，每天打电话骂 Z 先生便成了她的唯一娱乐。

Z 先生被骂得找不着东南西北，仍旧要每周回来看他的孩子，M 小姐心里其实觉得 Z 先生真是个好爸爸，但是与她，他好像也回不去最初的亲密了。

M 小姐心里开始明白，但是，她也并不想再折腾什么，因为这种疏离其实并不是他一个人的选择，也是 M 小姐的选择。

后来房子买了，Z 先生的妈妈，就是 M 小姐的婆婆来带孩子，这个婆婆更是个负能量爆棚的人，每日都板着一张脸，看得 M 小姐好不心寒。

Z 先生不知是在躲自己还是在躲自己的妈妈，一家三口团聚之后，他反而不如以前看娃看得勤劳了。

有时候为了婆婆，或者孩子，或者他们俩之间的关系吵个架，两个人能屁股对屁股冷冰冰地睡上一周不讲话。M 小姐想到以前在学校的时候或者异地的时候，每次吵架她都先认错，生怕几天不联系就与 Z 先生生生错过，那时候，她像一个纤夫一样，超出自己承受能力地拽着那条船，可后来，她上了那条船，精力透支了，她反而不再管那条船是破碎，还是在风雨中飘向何处。

她想，或许是她个人问题，以前的她，感情上太透支了，现在再也没有力气了。或许是 Z 先生先变了，她也就随 Z 先生一起疏远了。也或许，只是 M 小姐找到了新的目标，Z 先生不再是她的指路明灯，M 小姐开始找到了替代品而已吧。

或许，婚姻的围城真的是存在了，它不是把两个人圈在了围城里面，让人想逃出去，而是以围城的名义连接二人，隔了两个人努力拉在一起的手，然后让关系不被经营，让两颗心，渐渐懈怠，无意识地走远。

落花时节初逢君

——这是我写给你的，最动人的情书

一

他在厨房里煮汤圆，我开着窗，感受风阵阵吹在耳鬓，一丝丝凉，伴着雨滴声冲击着我的感官。对于睡了一下午的我来说，这种感觉异常舒适，正如那句广告词一般，晶晶亮，透心凉。

对了，今天是大年初二，新年第二天。个人原因，我们俩单独在南京过的年，没有亲人没有烟花没有春晚，只有彼此。

我是个清冷又热闹的人，喜欢边看着身边熙熙攘攘的人间烟火，边矫情着自己的春夏秋冬。这颇让我有种孤芳自赏自命不凡，又能享受人间温馨不为红尘所弃的满足之感。归根结底，我自诩清高，又没勇气离群索居，着实是个怯懦又没用的人。

跟我这样的人相处，势必有些无聊，但是，我们相处得很好，这不得不说，是他太过优秀。

他是个处处都让人无可挑剔的人，或许，除了家境不够富裕之外。

后来，我们交往之后的某一天，他无意中跟我讲起他念大学报到的事。

那时，他一个人拖着简陋的行李，坐了五小时车，还要一路照顾随行而来的爷爷。我就突然想起自己上大学报到时候的情景，父母亲戚来了四辆车，一堆人，母亲忙里忙外整理宿舍，我一个人矫情地抱着陪了我几年的玩具熊，坐在床头悲秋伤春地发呆。

他过早地懂事，我过分地自私。

我从小便是个理智，且眼高于顶的人。念初中的时候胖得不忍直视，知道瘦的重要性，自卑却不行动，一心念书，自诩耐得住寂寞，看得透红尘。念高中的时候已略有了些姿色，成绩也斐然，有些爱慕者，却将所有靠近者视为我念好大学的绊脚石，生生将自己搞成了生人勿进的灭绝师太。

大学以前，我也爱看帅哥，也有一颗懵懂的少女心，可却深深明白王子只能配公主，如若不努力，那么一辈子都只能屈从在这小县城，在一堆跟我一样不思进取的人里选择自己的终身伴侣，享受父母早已奋斗好的一切，过着死水般的生活，我不甘心，我的他绝不会是这样的。

他应该纯洁，稳重，有谦卑，有魄力，有绅士般的品格，有非常人难以企及的毅力，还应该有如暖阳初升般温暖却不刺眼的笑容，能融化最坚硬的冰。

高中时，总喜欢三五好友一起在操场闲侃，说起我的花痴，友人以一句“不切实际”做了总结。我那时觉得她说得很对，也对自己的未来颇为担忧，甚至想过当个女强人，来个相公养成记，找个比自己小的，将他养成我喜欢的样子，这般荒唐的想法。

所幸，后来遇到了他。

初见在一个夜晚。

夏末秋初时节，倦怠的午后，几颗闲散的星零零落落挂在夜幕下，我与舍友被凉风吹得神清气爽，一起奔到了竞选的教室。

我那时喜欢居高临下地躲在角落看别人的喧闹，便挑了前排右侧靠窗的座位坐下。写写竞选词，看看窗外孤零零的月亮。现在想想，那时的我有着文人难以接近的清高不凡，享受着自己的孤独，并欲借此产生一种心理上的与众不同之感。

我发言结束便百无聊赖地发呆，看中结果不是因为想谋个一官半职，而是那种不甘落于人后的好胜之心。我向来如此矛盾，看淡物质，却放不下得失。

在那种患得患失的忐忑中，他身穿一身白衬衫出现了。

我是近视，最先，是被同学的嘈杂声吸引的。中国人有个特点，便是纵然再沉默是金，遇到格格不入的场景都会发出讨论的噪音。

优秀，也是一种格格不入。

不得不说，他是个能震撼人，掌控全场的人。这从我虽近视，却被他演讲的身姿吸引就可以看出来。

我那时对什么都不甚在意，却鬼使神差地悄悄问舍友他叫什么。室友低声在耳边说了三个字，我执拗地让她写给我，她字迹工整地于白纸上写了三个字。

充满阳光气息又大气的名字，第一次见，莫名地，却有种熟悉感。那一刻，我竟想起了红楼梦里宝哥哥不自禁的念叨，这个妹妹好生眼熟，仿佛在哪里见过似的？

见过，那自是不可能的，哪有什么前世今生？人生在世短短数年，生命如蜉蝣般短暂无常，所有的回眸心动皆在一瞬一眼数年，错过了便是错过了，哪里还有从头来的机会。

至于那种熟悉感，我后来细细思索过个中缘由，可能真的是缘分。

他太过完美，竟与我想象中的那个身影为之重叠了，所谓的熟悉感可能正是由此而来。

接下来的故事很完美。

我们在最美好的年纪相遇，拂去了世俗的气息，又恰好告别了青涩的回忆。

在知道爱情的年纪里眼神交汇，在可以承担责任的时候执子之手，没有错过一个地方的桥，没有失落一片共同看过的云，亦没有多爱一个不相干的人。

我们故事里的主角只有彼此，身边的景致，随着花开花落，生命轮转变幻无常。

偶尔感叹韶华易逝，好景不长在，握住身边的那双手，便对一切凋零释然。

温暖淡淡的眉眼，低头微笑的瞬间，让我仿佛想起初见你的那一天，岁月的划痕再偷偷摸摸，也躲不过有心之人的火眼金睛，我看到了时光在你身上留下的痕迹。

可那又如何，你依旧在我身边，要一起陪我看很多的云，走很多的路，过很多的桥。

小时候，妈妈曾经找算命先生给我批命，一句话，如花美眷，似水流年。

倒真是应了。

二

他老是执着地说我并没有对他一见钟情，因为他第一次见我是另有时候，我那时与他身边的同学说了两句话，却瞧都没瞧他一眼。

确有其事。

我细细回想了那个时候，我与那个同学心不在焉地说话的时候正在准备团委竞选要用的演讲稿，依稀记得，余光瞟到他抬头看了我两眼，又低下了头去。当时根本没注意，后来想想，这一段小小的记忆却刻在了我的脑海里。

或许有关他的，我都记住了，哪怕那时候，我并不认识他。

他是一个略微闷骚的人，感情向来不外露，怎么引起他的注意呢？向来不屑用才华博眼光的我，想到了卖弄诗文。

国庆期间陪表妹的时候认真地告诉她，明年我就不陪她玩了，明年姐姐要陪自己的男朋友了。那时候我说得异常认真，表妹刚上六年级，听得似懂非懂。

国庆来了之后，我编了首藏头诗，类似于祝大家国庆快乐之类的，本意只想发给他一个人，为避嫌，群发了。

出了个小名，原非我本意。好再，与他也一来二去熟了。

估摸着那样成熟稳重的男孩子应该是喜欢天真单纯活泼一些的女生，自此，在他面前本性暴露，一发不可收拾。

在还没那么熟的时候，他曾经问我，为什么那么喜欢笑，我俏皮地回了句，因为看到你很高兴啊。

因为是发短信，他的反应我不清楚，不过猜测，应该是害羞的。我们的模式向来是这样，我逗他，他害羞。

或许那时候是带着玩笑口吻，可那确实是我最佳的答案，在遇到他之前，我几乎是没有话讲，也不大爱笑的，整天苦大仇深，道不尽的迷茫烦恼。与他相遇之后，事事不用操心，所有小女孩爱笑的天性悉数被激发。

后来有一次吵架，我把他气得够呛，任性地说了句："你对我也不怎么样，凭什么让我对你死心塌地。"

他被我气红了眼圈，沉默很久，一句话未说完整："自从认识你之后，我就一点事都舍不得让你做……"

看到他无力的表情，我想到了那些年的过往：有他舍不得我拎行李箱，年年执着地送我回家，再从我家辗转买票回去；有他心疼我臭美，天天用低像素的手机拍照，打了一个暑假的工，晒得又黑又瘦，给我买了个相机；有他忍受我的坏脾气，却在我伤心哭泣的时候陪我一起哭；有他为了等我，安慰着因汽车拥堵晚点而不耐烦的我，却在高速边的寒风里整整站了几个小时，鼻子冻成了小丑鼻。

这些影像我原先并未觉得有多清晰，却一下子蹦出来，一幕幕呈现在我脑际。我的眼泪“哗啦”一下流了下来，所有的倔强心狠土崩瓦解。

或许你的生命中会有那么一个人，在摒弃最初的惊艳之后，如巴黎街边的古老教堂般洗尽铅华，不知不觉间，就在你心里屹立了千年万年。

有那么一刻，我开始相信前世今生，开始相信宿命。

我并不是一个有耐心的人，在最初的暧昧中焦躁不安，又卖弄才华，写了首蹩脚的诗篇给他，大意是问他是否对我有意思。

本意是想说，如若你对我没意思大家就不浪费时间了之类。之所以写诗，是因为如若他给别人看我就否认，反正诗文这个东西，当事人怎么解释都可以，我一来可以保存作为女孩子的面子，二来也是浪漫天性使然。

他没什么言语上的反应。

但在运动会的时候，他主动坐在了我身边，直到操场上的人群散去，只剩我们两个，依旧在天南海北地聊天，当然，都是我在聊他在笑；在班级出去秋游的时候他主动打电话给我，问我在哪里，突然蹦出的一句“丫头”，亲昵得我起了一身鸡皮疙瘩；在团委开会的时候，他拨开人群，跑到了我身边，告诉我坐错位置了，那么近的距离，害我闹了个大红脸……

那么那么的闷骚，很多很多的暗示，最后我实在是受不了了，豪迈地蹦出了句：“我们恋爱吧！”

说完躲了他好几天，短信不想回，下课撒腿跑。

他又开始主动起来：约我去吃饭，害我紧张地要死，第一次在男生面前毫无形象地喷饭了；约我去夫子庙玩，害我看望同学的行程报销，生生半路改道，去了夫子庙，开始各种没见过世面的小白行径；下课执意让我等他，我溜了便各种别扭各种控诉……

这一切发生得相当快，前后只用了两个星期。

南京的节气变幻无常，一如云彩的踪迹，一如少男少女的感情。

我还记得见他第一面的时候穿的是一件白色的丝质外套，在第一次约会的时候，就换上了我生平第一件韩国代购黑大衣。

一开始总觉得自己在调戏他，现在想想，那年青涩的自己不也被折磨得脸红脖子粗?

好在，相处的年华若干，他在我面前依旧会轻易脸红，眼神闪烁地躲避我赤裸裸的眼神。我却已彻底修炼成精，成了名副其实的花花小姐。

很庆幸那年没有执意要去参加1+2+1，办好的护照，还有那些他陪我倒霉跑腿的经历，就让它一起留在记忆中吧。

一起看《何以笙箫默》的时候，他一直在惋惜，赵默生如果能变回当年学校的赵默生该有多好。

我知道他在想什么：如若记忆中那抹灿烂的笑，随初见那个秋天的梧桐叶，一起落在洒满阳光的窗外，而他们，恰好坐在窗台边的餐桌上吃饭，有花有草，有阳光，有彼此。那么青春，也就永远不曾消逝，没有遗憾，那份美好，也随她一起陪在他身边。

在最美的年华里，因为你在我身边，我没有吃过一点苦，没有走过一点弯路，没有刻上一点生活的风霜。所以，我还是当年学校里的我，可以任性可以自私可以天真，可以什么都不懂。

人生真的可以只如初见，秋风不曾悲画扇，风起轴翻飞，叶落下，盖住扇中飞仙。

这些年，那些一幕幕的过往，除你之外，浮华如烟。

三

找工作对他来说很容易，在多数人还在为求一份工作而愁断肠的时候，他已经去了我们学校所能去的最好的软件公司。他并不是一个善于编写程序的人，可如若只能靠它吃饭，他会做得很好。就像在学校里，他从来不看书，每次考试却都能拿一等二等奖学金一样。

在实习期间，他一边超负荷工作，一边仅仅用了两周时间便考取了最好的省级机关，这个单位，估计是大多数人一辈子想都不敢想的梦了。

我坎坎坷坷地考公务员，折折腾腾地找工作，最后去了一家待遇颇丰的事业单位，但距离，却成了问题。

为了能多陪陪彼此，我们每周都异常辛苦。

依稀记得，大雪天，我穿了两件羽绒服，踩着厚厚的雪地靴，由他陪着去坐回扬州的车。

冬天的早晨，很冷，也很黑。

我记得大巴拐进高速的那段迂回，记得长江烟波浩渺的景象，也记得夜晚坐车看窗外高速边万家灯火的慵懒和迷茫。

坎坎坷坷地过了八个月，从八月一直到来年的四月，恰好经历了夏末、秋、冬、春初约一个四季的轮转。

在日照逐渐变长、寒冷渐渐退却的那段日子里，我来了南京。

扬州的那段记忆如烟花般消逝，转瞬便都模糊了踪影，想起来，恍恍惚惚地觉得，只有三段。

一段是周末来南京的轻松与自在，一段是工作的劳碌与委屈，还有一段是独自坐电梯，上十一层楼，一个人孤零零睡两层楼的害怕。

那间房子在最高层，室内是个小高层，房间在楼上，装修得很好。

他与母亲本意是想让我当公主，住宫殿，却忘了女孩子天性的胆小。

宫殿太大人太少，便成了深山的古堡。

那时，我一下班便急急忙忙赶回去，进门之前还要听一下房间里有没有人，然后飞快地上楼，锁上房门，一天，便这么过去了。

每天的电话，必不可少，依旧是那样，我在说，他在听。

我的难题他只是听，从不轻易发表见解，却能于无形中帮我解决妥当。

刚去扬州时，正是对这一陌生环境充满害怕的时候，胆怯自不必说，少不了一步步小心经营，如履薄冰，毕竟初入社会经验不足，即便是这样，还是遇到了一些事情。

有一件，印象深刻。

办理入职的时候，遇到了一个人，由于填充一些材料，他跟我要QQ和手机号码的时候也一并留了下来。后来不知怎么，他竟知道了我住的地方，想来是看到我空间发表的住宅，小高层在邗江并不常见。

突然有一天，他就堵在了楼下等我，非要我邀请他上去。那时候初来乍到，由于社会的误解引导，对机关里的人充满了惧怕，也许是被吓到，懦弱无措的一面尽显。我不知该怎么办，只能一味周旋，然后向他求助。

他很生气，跟我要了那个人的号码以及单位名称，我给了。

后来，那个人再也没有骚扰过我。

我不知道他说了些什么，又是怎么办到的，但是想想他在外人面前偶尔流露出的气场，确实足以让人胆怯。

无关其他，这是一种天生的王者气场，我恐怕是为数不多不仅不害怕，反而被吸引的人。

再后来，我的那些虚张声势便全不见了踪影，因为他给了我面对未来的勇气，内心真正坚硬起来，那些不堪一击的盔甲便自然土崩瓦解。

我一直不是很理解，为什么有一种人，能在初入社会便表现得这般强大，或许，这真的是一种天性，流在血液里，刻在灵魂里的能力。

所以说，我一直这么崇拜着他。

朋友们笑话我情人眼里出西施，或许还有一种嘲讽我借吹嘘他抬高自己身价的嫌疑。听到这些或真心或假意的调侃，我向来淡淡一笑而过，不做辩解。

不置身仙境怎能尝琼浆，不与他相处过，怎么会有资格评价他？

他的强大不在表面，在内心，永远只有我能最快地感觉到，当别人看到他取得的成就而给予认可时，我知道，他早已进入另一个世界。

因为，他是我脑海中幻想了二十年走出来的人，我知他甚深。

最初的最初，我是个没有安全感的人，喜欢宣誓主权，喜欢凡事贴上自我的标签。他却相反，低调稳重不浮华，到工作中获得全省仅有的两个去中央学习的名额，都不让人知晓。

这样的他，却对我的高调肤浅包容万分。每当我在校园不顾形象地搂着他，于人前全无形象地撒娇、逗他，他都宠溺地笑笑，不会不耐烦分毫，偶尔还会羞涩不自在。

我想，除了一种海纳百川的胸怀，还有对我深深的宠爱吧。这种温柔，这种来自强大的他的宠爱，让我渐渐心安，尘埃落定，于浮华中退去那抹惶恐，亦成为一个包容、温和、睿智的人。

他家境不富裕，可是除了一些来自世俗的攀比之心，他从来没有让我有过物质上的烦恼，脱俗地不像这个社会该有的故事。

只要是我想要的，哪怕是不敢要的，不用我说出口，他都能及时给我。

他总是那么神奇，送那么别出心裁的礼物，许给我那么静美安然的年华，让我可以无视姑娘们口中的金龟婿。

我想，又有哪个金龟能做到他这样呢？

这样让我不畏强权，不愁未来，不用长大?

音乐静静地流淌，窗外的风依旧在吹，他的微信声打断我的思绪，点开看，原是他发了张照片给我。

熟悉的眉眼，一眼经年。

他穿着大三那年的衣服，我原以为他扔了，原来是被他放在了办公室。

照片中的他，与大三的他重叠，好像岁月从不曾流逝。

岁月好像又在飞速地流逝，脑海里竟然浮现出白发苍苍的我们，一起相携在海边，看无穷的落日。

哦，对了，今天是大年初五，他值班去了，我有一天一夜见不到他，有些想念，遂回忆起了过往，手指纷飞，于键盘的“噼里啪啦”声中，那些故事鲜活了起来。

写这些的时候，窗户开着，春初有些凉，可他的温度却一直萦绕左右，好像已然深入骨髓，永远永远，都会陪在我身边一样。

尾　声

我们在最美好的年华相识，以后还要一起携手走过更多的风风雨雨，我对爱情的理解，皆来自你。

我们有过争吵，有过打闹，但我知道，放在嘴里的那句“分手”，它永远不会来到。

这一生，我们注定要认识很多人，走过很多桥，看过很多云，但无论岁月黑暗或纷呈，你一定会牢牢牵着我的手，永远不放开。

因为，自见到你的那天开始，我心里会流泪的那块空缺就被填满。

从此，再没真正有过悲伤。

我笔下所有的爱情，或好或坏，都只为你。

我心里所有的触动，或悲或喜，都只因你。

风雨如晦，鸡鸣不已，既见君子，云胡不喜。